El libro de todos los amores

Novela

Agustín Fernández Mallo

El libro de todos los amores

Seix Barral

Seix Barral, un sello editorial de Planeta, S.A.
Avda. Diagonal, 662-664, 08034 Barcelona (España)
www.seix-barral.es
www.planetadelibros.com

Adaptación de la cubierta: Booket / Área Editorial Grupo Planeta
Fotografía de la cubierta: © Tim Robinson / Millennium Images UK
Primera edición en Colección Booket: mayo de 2024

Depósito legal: B. 6.519-2024
ISBN: 978-84-322-4355-4
Impresión y encuadernación: QP Print
Printed in Spain - Impreso en España

Biografía

Agustín Fernández Mallo nació en La Coruña en 1967 y es licenciado en Ciencias Físicas. En el año 2000 acuña el término *poesía postpoética* —que investiga las conexiones entre el arte y las ciencias—, cuya propuesta poética ha quedado reflejada en el volumen *Ya nadie se llamará como yo + Poesía reunida (1998-2012)* (2015), que recoge todos sus poemarios publicados, algunos de ellos galardonados, e incluye uno inédito. Entre su obra ensayística destaca *Postpoesía, hacia un nuevo paradigma*, que fue finalista del Premio Anagrama de Ensayo en 2009; *Teoría general de la basura*, Premio Cálamo Extraordinario 2018, *La mirada imposible* (2021), y *La forma de la multitud* (2023), I Premio de Ensayo Eugenio Trías. Su narrativa incluye las novelas *Nocilla Dream* (2006), *Nocilla Experience* (2008), *Nocilla Lab* (2009), recogidas en el volumen *Proyecto Nocilla* (2013), que han sido señaladas por la crítica y el público como renovadoras de las letras en español, y merecedoras del Premio Europeo de Literatura 2022, otorgado en La Haya; también *El hacedor (de Borges), Remake* (2011), *Limbo* (2014), *Trilogía de la guerra* (2018), que le valió el Premio Biblioteca Breve y el English PEN Award, *El libro de todos los amores* (2022) y *Madre de corazón atómico* (2024). Su producción artística abarca géneros que combinan el videoarte, la palabra escrita y la música. Junto con Eloy Fernández Porta ha desarrollado el dúo de *spoken word* Afterpop, Fernández & Fernández; con Juan Feliu, el grupo musical Frida Laponia, y con Pilar Rubí el proyecto sonoro Revinientes. Su blog se llama *El hombre que salió de la tarta*. Sus libros se han traducido a más de diez idiomas, y la crítica y los lectores de cada país destacan de ellos la alta calidad literaria y la apertura conceptual hacia otros espacios y modos de narrar.

A Pilar, hic et nunc

Puedes pasarte el día mirando estas
formas verdaderas y no ver el pájaro.

ANNE CARSON

PRIMERA PARTE

Se mira el mundo en silencio y se anota lo visto en silencio. Se escribe el silencio mismo. En eso consiste amar el mundo. *(Amor silencio)*

Él le dijo:

¿De dónde viene toda esta lesión del paisaje?

Ella le dijo:

De los cuerpos sin pasión, que también son paisaje.

El primer inventario de colores calificado de importante fue completado, tras numerosas expediciones a México, Guatemala, Nueva Zelanda, islas Marianas y Filipinas, en torno a 1790 cuando el botánico Tadeo Haenke, aplicado a un exhaustivo estudio de las flores, se vio obligado a definir cientos de tonos que ni la ciencia ni las artes habían detectado. La paleta hasta entonces conocida, de unos pocos cientos de gamas, fue de este modo elevada por Haenke a 2.487 tonos cromáticos. Terminó su mapa de los colores donde terminó sus días, en Cochabamba, al cuidado y estudio —estudiar es una forma de cuidar— de las flores y la vegetación del jardín que en la parte trasera de su casa él mismo había levantado. Algunos de quienes en sus instantes finales rodearon su cama aseguraron que dijo entonces que lo que de verdad le hubiera gustado dejarnos no es un inventario de los colores sino el de todos los tonos, matices, saturaciones, texturas y brillos del amor. *(Amor pantone)*

Él le dijo:

> El primer beso que nos dimos quemó por completo nuestras lenguas, sin embargo aún arde en ellas.

Ella respondió:

> Paradójica perfección en los cuerpos que se encuentran.

Hay un momento de la experiencia amorosa en el que empiezas a cortarte con todo. Con el borde de los cajones y con la pantalla del teléfono, con el cepillo de dientes y al regar un ficus, cuando te subes el pantalón y cuando te lo bajas, cuando abres un libro y cuando cierras una puerta, cuando te calzas los zapatos y cuando ajustas el termostato de la calefacción, incluso la pastilla de jabón y la barra del autobús te cortan. De pronto todos los objetos buscan afilarse en ti. *(Amor navaja)*

Ella le dijo:

La primera vez que te toqué fue como llegar al hogar. Un hogar en el que nunca había estado.

Él le dijo:

Contigo he perdido el miedo a la rutina.

La más grosera manifestación de realismo resulta de extrapolar estadísticas hacia el futuro. La más ingenua manifestación de nostalgia resulta de extrapolar esas mismas estadísticas hacia el pasado. Las parejas se separan y —no lo saben— cada cual se lleva exactamente una de esas dos partes. *(Amor estadística)*

Ella le dijo:

Un día, tras el Gran Apagón, el pelo se nos

volvió blanco de golpe. Como la nieve de estas montañas, que llegó una mañana y ya nunca se fue.

Él le dijo:

Tampoco el pelo de los osos polares es blanco. Visto de cerca, observado pelo a pelo, es transparente.

Los vikingos, desde sus helados mares del norte, viajaron al Mediterráneo sin bordear las costas de lo que hoy llamamos *Europa*. Su táctica fue cruzar el continente de norte a sur remontando el Rin y otros cauces fluviales que hábilmente fueron enlazando: navegar aguas dulces para conectar dos aguas saladas, usar la línea más corta entre dos puntos —especie de geodésica cultural—. En todo ese trayecto quemaron villas, animales y tierras, saquearon cuanto de valor vieron pero dejaron intactas las flores de las orillas y las cortinas de las casas siempre y cuando estuvieran bordadas. No es que no les gustaran, sino que para ellos eran cosas invisibles, sus ojos no estaban adiestrados para detectar tal clase de objetos. Tampoco saquearon las playas cuando por fin llegaron a la actual Italia; los granos de arena eran tan pulidos, esféricos y brillantes que ni los vieron. Qué clase de línea más corta es entonces ésa que «no ve las cosas». También los pájaros que hoy se adentran en el continente llevan en sus sexos una capa de estambres y antiguos minerales que no ven pero siembran a su paso. *(Amor geodésica)*

Ella le dijo:

Cuando somos sorprendidos por la oscuridad de la noche, es nuestra vista la que tiene la culpa, no la noche.

Él le dijo:

Tras el Gran Apagón me amas de otro modo, das cuerpo a otra llama.

Las imágenes que soñamos mientras dormimos evolucionan con la edad, pero llegada la madurez, lo soñado deja de coordinarse con el cuerpo biológico y esas imágenes oníricas permanecen en un estado de eterna juventud: tus sueños ya no cumplen años, no crecen. En la vejez, y en tanto el cuerpo sigue su marcha hacia la degradación material, el mundo de los dormidos incluso invierte su signo y el anciano acostumbra a tener visiones nocturnas habituales en los niños. No existen sueños propiamente de ancianos, motivo por el cual las personas mayores, cuando están despiertas, son propensas a esa extraña combinación que funde la melancolía de lo perdido con vitalísimas esperanzas de futuro.

No es que esa asimetría entre el crecimiento del cuerpo y el crecimiento de los sueños nocturnos suceda en el tiempo; ella misma es el tiempo. Tampoco el amor, que al fin y al cabo es espectro y constante ensoñación, envejece cuando se presenta entre dos cuerpos. También la madera es el único material sobre la faz de la Tierra producido por semillas secas, embriones de clorofila que nunca envejecen. *(Amor asimétrico)*

Él le dijo:

Ayer, cuando cogí aquel caracol que grande y naranja como un sol en movimiento intentaba ocultarse entre las hierbas, y lo puse sobre la palma de tu mano, el molusco trepó hasta las yemas de tus dedos, se agarraba a las huellas dactilares como si hubiera crecido en ellas. Lo observaste y no dijiste nada.

Ella le dijo:

Mis oídos también albergan un caracol, única cavidad de mi cuerpo que tu lengua aún nunca ha explorado.

La mayor y más veloz planta colonizadora del planeta es la *Pueraria lobata*. Arrastrándose, crece a una velocidad de treinta centímetros al día. Su depredación es tal que en zonas de Estados Unidos como Florida, Georgia o Alabama ha sido tipificada de plaga. Su densidad y espesura cubren en pocos días automóviles y casas unifamiliares, que se hunden bajo su peso. Trepa por los postes de la luz, se introduce en el alcantarillado si encuentra una boca abierta, su verdísima red llega hasta las mismas playas, donde tampoco muere: sobre los granos de arena —minúsculos cantos rodados del ir y venir de las mareas—, en estado de letargo descansa. Todo comenzó en el año 1876, cuando en la celebración del centenario de la Declaración de Independencia de Estados Unidos, algunos países hicieron obsequios a la mejor patria del Nuevo Mundo. El de Francia fue la conocida Estatua de la Libertad. Unos pocos ejemplares de *Pueraria lobata* fueron el regalo de Japón. *(Amor independencia)*

Ella le dijo:

En el interior de nuestros cuerpos hay un mausoleo. Nuestros órganos tienen algo vivo y muerto, depósito de escombros de lo que hemos ido dejando atrás.

Él respondió:

Cuando me dejas entrar en ti, lo que busco es traer a la vida esa parte muerta.

«El rostro de una persona no existe en sí mismo, el rostro sólo existe cuando es iluminado por la luz», dijo Alfred Hitchcock. Una actividad común pero no por ello menos extraña que iluminar rostros es hacer paquetes; hacemos paquetes de todas las cosas. La Red no es más que millones de metros de cables que empaquetan el globo terrestre. O las plantas, que dejadas crecer a su albur empaquetarían nuestra esfera. O el abrazo: qué es abrazar sino empaquetar al otro, darle una forma desconocida para todos menos para ti. O qué es la elección del género sino empaquetar el sexo. De modo que no es necesario hacer un regalo o un envío postal para inventarles una silueta y una identidad a las cosas; la luz ya las inventa por nosotros. No hay rostro que, una vez iluminado, no enamore nuestros ojos. *(Amor paquete)*

Él le dijo:

Tú y yo somos nada.

Ella respondió:

Es preferible ser nada en un mundo cuya única ambición es serlo todo.

Lo que nos liga a la infancia es el nombre de pila, que nos acompañará hasta el final. Lo que nos liga a la infancia es, pues, el lenguaje. Sólo hay una cosa que un adulto no puede hacer, aprender a hablar. El habla, en el alba de la especie humana, la inventaron los niños, y así continúa; cada infante inaugura la lengua. Lo gracioso es que ambas cosas —tu nombre de pila y el lenguaje— vienen de fuera de ti, te han sido dadas por otros del mismo modo que te ha sido dado tu género. Y pasan los años y llega el amor adulto, que intentará por todos los medios invertir ese proceso, darle la vuelta: la pareja desea regresar a la infancia, crearse nuevos nombres y sexos, inventar un habla privada, refundar desde dentro todo lo conocido y edificar para ella y sólo para ella un nuevo tejado; el cobijo. Por eso la imagen —existente en todo tiempo y cultura— de una pareja amándose bajo algo que se parece a una sábana nada tiene que ver con el pudor a mostrar sus cuerpos desnudos, sino con —en esa improvisada cueva de ellos y sólo de ellos— rebelarse contra aquel lenguaje impuesto en la infancia. *(Amor contra el lenguaje)*

Él le dijo:

Una vez fui a un museo. Todo allí estaba espectacularmente quieto. Me pareció lo más erótico que jamás había visto.

Ella le dijo:

También un cuerpo es una avenida silenciosa; mudo sexo extremo.

Enamorarse consiste en permitir que otro te meta en su cabeza, y que ahí, atrapado tú ya para siempre en sus sueños, a su antojo haga contigo lo que quiera; a partir de ese instante serás un archivo móvil dentro de su cuerpo. La gente habla mucho de archivos, de información que vamos registrando y que por escrito o verbalmente trasmitiremos a quienes nos sucederán en el tiempo, pero qué decir de lo olvidado. No existe archivo que pueda almacenar el olvido, y no porque lo olvidado no pueda regresar y ser recordado, sino porque el olvido es tan grande que su mundo supera en varios dígitos al nuestro. Estamos hechos de una gigantesca pérdida de objetos y personas, lo que equivale a decir de pérdida de memoria, que no obstante nos constituye. Así que cuando trasmitimos información también trasmitimos todos esos mundos olvidados, aunque lo hagamos de un modo que aún no comprendemos del todo. Ese olvido soy yo introducido en la cabeza de los demás, mi vida ahí dentro encerrada, la parte de mí sólo accesible a quien en forma de experiencia amorosa me tiene en su cerebro, aunque esa persona —lo sé— ya me haya olvidado para siempre. *(Amor olvido)*

Él le dijo:

Tú y yo estamos siempre en el aire, batiendo las alas para no caernos.

Ella, señalando las crestas de hielo de la montaña que veía a través de la ventana, dijo:

¿Recuerdas cuando buscábamos el calor en la nieve perpetua?

Esa ciencia a la que llamamos *Economía* existe y tiene sentido únicamente en un mundo supeditado a la escasez de recursos; allí donde los bienes y las cosas fueran infinitas, la ciencia económica carecería de lógica, perdería su objeto de acción y nada tendría que estudiar ni regular. Parece que hemos construido las sociedades en función de esa congénita escasez del mundo. En la cultura occidental, esto viene fundado en la Biblia: desde el vergel del que, sin trabajar, todo mana, hasta la condena del trabajo para ganar el pan, que se obtendrá a costa del sudor de tu frente. La aparente crisis del mercado de la música, originada a principios del siglo XX por la también aparente infinita disponibilidad de canciones en Internet, no es sino el pánico experimentado por el mercado ante el paso de una *economía de la escasez* musical —administrada por unos pocos—, a una *economía de la abundancia* —la infinita reproducción de los sonidos sin aparente gasto—: las ciencias econó-

micas tal como las conocemos dejarían de tener un sentido práctico y filosófico en ese escenario. Las teorías de género entran aquí de un modo determinante: de la polaridad masculino/femenino, economía de la identidad sexual basada en la escasez de géneros, al potencialmente infinito espectro cromático de géneros que un individuo puede adoptar entre aquellos dos extremos, funda una clase de economía de la abundancia (de género) para la cual las normas socialmente aprendidas pierden toda validez, con la consiguiente caída en el pánico de quienes no quieren o no pueden perder el control de aquella privación. Todo esto guarda cierta relación estructural con la aún incipiente computación cuántica. Tales máquinas futuras se fundamentan en la propiedad de no trabajar tan sólo con estados binarios, no trabajar únicamente con ceros y unos, sino que a esa economía de la escasez de posibilidades le son sumadas todas las alternativas que hay entre el cero y el uno, todas las cifras que median entre esos dos polos numéricos, posibilidades potencialmente infinitas que dan lugar a mundos y planos de realidad no sólo absolutamente desconocidos hasta ahora sino inimaginados, pero no por ello imposibles. Lo que podemos llamar el Amor de la Abundancia de Género sería entonces la anticipación, la punta de lanza analógica, de esa otra abundancia digital hacia la que van las computadoras.
(Amor de la Abundancia de Género)

Él le dijo:

Tras el Gran Apagón hubo gente que pidió ser enterrada en el interior de la piel de los animales salvajes, que como llegados de un inexistente bosque cercano tomaron aquellos días las calles.

Ella dijo:

Yo misma ayudé con esas mortajas. Metíamos al humano dentro de un saco de piel animal, que después cosíamos. Justo antes de dar la última puntada, un pájaro sin nombre emergía del agujero de la costura. Era imposible seguirlo con los ojos.

A veces ocurre que para perder de vista a alguien, huyes con tanta rapidez y falta de atención a lo que te rodea que terminas tú mismo perdido en un paisaje desconocido, extraviado y sin saber qué te espera tras el siguiente paso. Si del amor estamos hablando, a esos viajes los denominamos «abandonar a alguien sin tener en cuenta a ese alguien». No hay ruptura sentimental que no consista en construir semejante brújula sin mapa. *(Amor huida)*

Ella le dijo:

A veces, cuando amanece en el valle y aún duermes y a través de la ventana el alba comienza a iluminar tu cuerpo, pareces una persona que mis ojos nunca hubieran visto, una criatura que naciera al mismo tiempo que lo hace la mañana. Entonces no sé qué estás soñando y siento pánico a no poder reconocerte cuando despiertes.

Él le dijo:

Tu rostro, como el agua y el uranio, como los pájaros y los ficus, como la corona solar y la escritura, ya existía antes de tu nacimiento. Tu rostro lleva toda la vida entre los humanos. Por eso te reconocí nada más verte.

La diferencia sustancial entre el cristianismo y el judaísmo es que este último requiere mayor dedicación intelectual que el otro. El cristianismo celebra sus ritos; el judaísmo además de celebrarlos hace de ellos un objeto de estudio. Uno de los motivos de esa diferencia es que una parte del texto sagrado cristiano, la Biblia, fue compuesta con simplificadas traducciones de la Torá judía para que el pueblo iletrado pudiera comprender —y por lo tanto propagar— la Palabra de Dios. Desde entonces, y hasta hoy, la geopolítica mundial y sus conflictos no son más que el resultado de esa antigua e irresoluta separación original. En lo que respecta al tratamiento del amor, ambas religiones despliegan el mismo primario y rústico concepto de vasallaje que asiste a la idea de mascota. *(Amor mascota)*

Ella le dijo:

> He perdido la cuenta del número de años que llevo yendo cada día a tu cuerpo para construir y destruir en él un mismo sueño.

Él respondió:

> Pero el eterno retorno no es retorno de lo mismo.

En las serpientes, el sentido del olfato reside en su lengua, bífida. Cada una de esas dos terminaciones detecta la concentración de un determinado olor a derecha o a izquierda, lo que lleva al reptil a cambiar de dirección o aproximarse dependiendo de si se trata del olor de un depredador o de una potencial presa. Algo similar les ocurre a los cerdos y jabalíes con sus dos agujeros nasales, que les orientan en situaciones de supervivencia. Pero no así a los humanos. Nuestras fosas nasales son incapaces de discriminar direcciones, podríamos tener un solo orificio en lugar de dos y nada cambiaría. La palabra *amor* (del latín *amoris*) significa «madre». Sin embargo, los griegos no tenían un solo vocablo para designar lo que hoy llamamos *amor*, sino dos, *eros* y *ágape*, que eran, respectivamente, el amor carnal y el entendido como todo lo que cae fuera de la satisfacción sexual. Amor bífido que en algún momento de la Historia perdimos y, con ello, nuestra capacidad de orientarnos sentimentalmente. *(Amor bífido)*

Ella dijo:

Ahora Dios es pálido, el color de Dios es el de la absoluta neutralidad, por eso ni a ti ni a mí nos juzga, se limita a observar cómo emergen y luego se deslizan las gotas de sudor sobre nuestros cuerpos. La única intervención de Dios es hacer simétrica nuestra agua: si por cualquier motivo aparece una gota de sudor en mi pecho, hace emerger otra idéntica en el tuyo.

Él respondió:

Pero esa divinidad nada sabe de lo que tú y yo sudamos por dentro, nada sabe de cada uno de nuestros sueños. Hoy un pájaro sin nombre ha venido al alféizar de nuestra ventana, el primer pájaro que hemos visto tras el Gran Apagón, y esa ave sin nombre cruzará muchas más veces el cielo sobre nuestras cabezas; mejor dicho, cruzará la oscuridad porque lo hará en esta absoluta noche que es el Gran Apagón. Por eso no lo veremos, por eso aunque algún día volviéramos a verlo no lo reconoceríamos. Se quedará sin nombre para siempre. Lo que no tiene nombre no existe. Como nosotros, recién creados.

El tema de la ciudad vacía de humanos y abandonada a la suerte de los elementos viene de lejos y se halla en variadas mitologías. Las parejas levantan verdaderas ciudades de materia y afectos, costumbres y ritos únicos e irrepetibles; un lenguaje propio. La peculiaridad de ese universo creado entre los dos es que no se destruye si la pareja se rompe, sencillamente pasa a un estado de *ciudad abandonada*, ruina que en algún lugar ha de continuar su propio curso. No sabemos exactamente en qué forma sigue mutando esa urbe ni en qué figura se convierte, pero lo que sí es seguro es que, desconectada para siempre de todo lo conocido, se trata de un destino sentimental que ya nunca nadie podrá visitar. Ni tan siquiera sus constructores —los antes amantes— podrán volver a caminar sus calles. Se convierte así esa ciudad en, literalmente, un lugar utópico, el único lugar realmente utópico porque es tal su desconexión y al mismo tiempo violenta su presencia que ni tan siquiera la política real —que como sabemos ansía utopías pero siempre alcanza distopías— se atreve con él. Y es entonces, en esa ciudad abandonada, donde aparece la posibilidad de que los que estamos en este otro lado imaginemos —idealicemos— un amor eterno: el así llamado *amor romántico* que con notable éxito llevan siglos cultivando los aficionados a la experiencia de lo imposible. Pero el amor romántico no es la única opción. Veámoslo así: si es verdad que la información ni se crea ni se destruye, tan sólo se transforma, también cabe pensar la existencia de ese mundo que crearon los amantes, y ahora desconectado del nuestro, como un trozo de información perdida, un *amor-información* que en vano a diario intentamos rescatar. Imaginar esa ciudad del amor, sola, mutando en nuevas formas y a la deriva por el Universo produce desazón, pero debe de existir un agujero por el que colarse tan siquiera unos breves segundos, experimentar en tiempo real la información material y sentimental que, sin control y como en un desviado espejo de lo que fuimos, en sus calles todavía nos refleje. La pregunta crucial, la pregunta que entonces desharía ese nudo hasta la fecha irresuelto, sería ésta: si en esa ciudad del amor perdido todo es información, ¿cuáles serán sus noticias? *(Amor información)*

Él le dijo:

Cuando te conocí, mucho antes del Gran Apagón, mucho antes de que habitáramos este valle y esta casa, mucho antes de que nuestro amor creciera sin que alcanzásemos a dimensionarlo, me entró un terrible miedo a que me ocurriera algo que una vez oí, un relato que desde mi infancia me acompaña. Se trata de un hombre que, al hablar, tiene la propiedad de hacer envejecer velozmente a quien le escucha.

Ella le dijo:

Pero eso siempre ocurre. Nombrar las cosas, hablar de ellas, es refundar su flujo en el tiempo, darles una vida que tarde o temprano las destruirá. Sólo una cosa se opone a ese envejecimiento: la cópula de mi sexo en tu sexo.

Mentir no es no decir la verdad. Mentir es no decir la verdad a quien tiene derecho a exigirla. Incluso ante un juez o un jurado corruptos, una elemental legítima defensa hace que ese principio se cumpla. De entre todas las relaciones, cotidianas o extraordinarias, sólo en el amor se halla la excepción que confirma esa regla: ante la persona amada se reclama la absoluta verdad aunque no se esté en condiciones de exigir nada, singularidad que hace del amor el objeto más vulgar, ordinario y terrestre al mismo tiempo que su contrario: el más anómalo y extraterrestre. Contradictoria naturaleza que sólo puede responder al hecho de que el amor —y con toda la pasión y terror que por necesidad arrastra— no sea una cosa más que está *en* el mundo, no sea un elemento más de una tabla periódica de experiencias que vamos inventariando, sino que se corresponda con la urdimbre y el sustrato de cuanto conocemos. El amor lo contiene todo, y eso incluye también el lugar donde asombrosamente mezclados y careciendo ya de toda importancia se confunden lo verdadero y lo falso. *(Amor sustrato)*

Ella le dijo:

> No me hago a la idea de cómo un libro puede hablar y oírse dentro de quien lo lee. Un libro es mudo, silencio del bosque convertido en otro bosque de silencio. En todos estos años en este valle no he leído un solo libro.

Él le dijo:

> Sí has leído: el más extenso y arcano libro jamás escrito, nuestro sexo. Maleza que cada amanecer se agita sin viento. Nos habla dentro.

La reunión del excremento y el silencio da lugar al polvo, con todo su olor, sabor y tacto. Pero en esas recién creadas motas de polvo vuelve a haber más silencio, escandalosa carencia de sonidos que la mística pretende reciclar y explicar inventando la presencia de un dios mudo y sigiloso, divinidad que nunca nos habla pero que de algún modo nos interpela. Cualquier silencio en una película, cualquier espacio en blanco que en un tebeo separa dos viñetas, cualquier punto y aparte en la página de una novela, cualquier espacio sin cifra en tu número de tarjeta de crédito, o cualquier enmudecimiento entre dos amantes que se miran y de pronto no saben qué decirse, es el paisaje, la visión en vivo y en directo, de un instante cualquiera en la vida de ese dios sigiloso y mudo. *(Amor silencio)*

Él le dijo:

Tras tantos años de yacer juntos en la misma cama, en la misma postura y emitiendo los mismos sonidos corporales, he llegado a pensar que no existo, que la repetición me convierte en un muerto para ti.

Ella dijo:

Ojalá. El muerto nunca vuelve a morir, es eterno.

Que tras la muerte no quede de nosotros más que dientes y huesos es la prueba de que terminamos por alcanzar una identidad mineral. No nos elevamos, no nos conducimos hacia lo que los clásicos pergeñaron como espiritual; por el contrario, nos hundimos en la más dura materia. Una suerte de tabla periódica de elementos somos, más terrestres incluso que la propia tierra. La paradoja reside en que seguimos siendo completamente nosotros: de los huesos y dientes, un análisis de ADN podrá deducir nuestra identidad. La noche en que el amor al fotoperiodismo mató a Diana de Gales, su boom informativo eclipsó otro hecho de más dilatadas consecuencias: en la ciudad de Argel decenas de hombres y mujeres y niños fueron asesinados por amor a una fantasía religiosa. La princesa subió esa noche al cielo al que van los mártires. Los argelinos se hundieron en un largo silencio mineral del que, perfectamente reconocible, emerge ahora su ADN: el llamado islamismo radical. *(Amor étnico)*

Él le dijo:

Cuando amas de verdad, como es tu caso, sales de casa y cazas con el sigilo de aquel primer pájaro sin nombre que tras el Gran Apagón se posó en el alféizar de nuestra ventana, pero también lo haces con la fuerza de unas patas de loba. Después regresas. Traes tu botín de musgo, ya seco, y escarabajos de los que sólo queda el exoesqueleto, y sal de agua de mar que no sé de dónde has sacado, y un puñado de piedras que arrancaste de las manos de los depredadores que te salieron al paso. En tu trayecto, esas piedras han sufrido tanta erosión que sus formas en nada se parecen a las originales; lo que era aspereza son cantos rodados. No así tu cuerpo, que regresa afilado, intacto.

Ella respondió:

Cuando amas de verdad, cazas de verdad. Tal es la duración del viaje.

En el pasado —pongamos en el siglo XVII—, se realizaron numerosos dibujos y grabados de anatomía humana en los que un hombre vivo, de pie, en el claro de un bosque y sin piel, deja ver sus músculos para facilitar el estudio del cuerpo a una incipiente ciencia médica. En algunas ocasiones ese hombre tiene el brazo derecho extendido y, como quien sostiene un saco vacío, agarra con su mano el amasijo sanguinolento de su propia piel, recién arrancada por él mismo. Sabemos que ha sido arrancada por él mismo porque en la otra mano porta un cuchillo, cuyo filo aún gotea sangre. El autodesollamiento —acción de quitarse, de la cabeza a los pies, la propia piel—, carece de toda explicación lógica para su época, a no ser que aquellos grabadores estuvieran tratando de decirnos que la exhibición de nuestro interior ha de hacerse sin vergüenza ni pudor, y que además el autodesollamiento no implica la muerte, sino todo lo contrario, nos convierte en cuerpos útiles y productivos para la ciencia, hecho que de algún modo nos promocionará a un lugar mejor. Tales grabados anatómicos del siglo XVII anticiparían entonces esa narración fantástica que es el psicoanálisis —si hablamos de la exhibición de nuestra intimidad en privado—, y esa otra no menos fantástica narración que son las redes sociales —si consideramos nuestra exhibición pública—. Fenómenos y cosas *auto* hay muchos —autoadhesivo, autodestrucción, autogolpe, automóvil, autoplastia, autografía, autoionización, autocombustión, autohipnosis, autorretrato, etc.—, y en todos el *auto* no es un fin en sí mismo sino una herramienta para dirigirse a un futuro real, a un espacio y tiempo que avanzan. Sólo en un caso el *auto* se vuelve estéril, no sirve para nada, y es cuando pretende ser autoamor, imposible ecuación sentimental que da por cierta la posibilidad de un amor que se ame a sí mismo. El amor es transitivo o no es. *(Amor no autoamor)*

Ella le dijo:

Me gusta besarte con los ojos abiertos. Nuestros cuerpos se acercan tanto que tu rostro parece tener un solo ojo.

Él le dijo:

En el beso todos somos cíclopes.

«Las cosas ante el hombre pueden aparecer en una de estas tres formas: como muros, como espejos o como ventanas», dice Cirlot. Podemos ahora, como simple juego, pensar en las diferentes clases de amor que cada una de esas formas representa. El muro es el amor de familia —sin poder traspasar los lazos de tu propia estirpe, te das una y otra vez contra ella—; el espejo es el amor a uno mismo —sobra toda aclaración—, y la ventana es el amor de pareja —visionado exterior de una vida libremente elegida—. Si ahora —y también por puro juego—, en esos arquetipos tradicionales dejamos que emerja una imagen contemporánea, deberemos añadir la palabra *poroso*. Así, *muro poroso* es el amor de familia mutada en poliparental. El *espejo poroso* sería el amor a un yo de variable identidad, y *ventana porosa* es amor de pareja expandido a multipareja. Pero a aquellas formas básicas —muro, espejo y ventana—, faltaría sumarles una cuarta no citada por Cirlot, el *orificio*. El problema reside en que a esa forma no se le puede añadir la palabra *poroso*; no puede existir un orificio poroso, su identidad es absoluta o no es. Así las cosas, el orificio no puede dar lugar a ninguna clase de amor contemporáneo. Por algo en todas las culturas indoeuropeas el orificio se asocia a aquello que todo lo ve, sí, pero al mismo tiempo a lo más impenetrable, al secreto y a lo que jamás puede ser completamente contemplado. La única imagen medianamente convincente hoy del *amor orificio* sería entonces la clandestinidad del Internet Profundo. *(Amor Internet Profundo)*

Él le dijo:

> De entre toda la leña que he recolectado durante estos años tras el Gran Apagón, la única que no he puesto en el montón que iría al fuego es esta delgada rama, que cuando era verde anudé a mi cuello para que ahí se secara y, si no es rompiéndola, nunca poder sacármela. Me recuerda a tus dedos, unidos.

Ella dijo:

> Así amas, así te ganas el mundo.

Tras recoger datos de más de trescientas culturas se han encontrado patrones según los cuales los ecosistemas influyen directamente en los desarrollos culturales de quienes los habitan; estos patrones tan sólo son dos: el de los bosques —entornos lluviosos—, y el de los entornos desérticos. Las culturas desarrolladas en los primeros hábitats, tales como la india amazónica o la pigmea, acostumbran a reforzar el politeísmo, el trabajo más duro se reserva a los varones, se dotan de escasa militarización y son de costumbres sexualmente abiertas. Las segundas, como los beduinos o los nómadas del Sahara y del Gobi, se caracterizan por el monoteísmo y por una estructura militarizada, el trabajo más duro se reserva a las mujeres y hay claras jerarquías religiosas y sociales, así como estrictas costumbres sexuales. Echamos en falta qué diría ese estudio acerca del ecosistema más grande jamás visto, el urbano, donde los patrones de aquellas trescientas culturas se mezclan para dar lugar a uno inédito. Podemos incluso pensar el ecosistema urbano como el único que materializa la idea del amor a lo imposible, a las quimeras durante siglos imaginadas: sus calles y sus plazas, sus cucarachas y sus estorninos, sus jardines y su asfalto, su esmog y su alcantarillado, su gente perdida y su gente hallada son la encarnación del amor más solitario y modesto: la hormiga que se retira al último rincón de la más baja capa de asfalto, y ahí, en paz, como los ancianos, se abandona a su muerte sin emitir ningún sonido, ni de amor ni de odio. Ninguno. *(Amor urbano)*

Él le dijo:

Mira esa valla publicitaria. De cuando la mujer era la carnicería del hombre.

Ella le dijo:

No replicaré esos hachazos.

La única cosa que desde la niñez hasta la vejez se mantiene inalterada es la mirada, convertida así en una verdadera identidad. El modo en que nuestros ojos miran y se expresan nunca cambia. Las manos también son reconocibles en todo momento de la vida. Pero los ojos y las manos cumplen otra propiedad: son las partes del cuerpo que más veces movemos; incluso dormidos vibran nuestros ojos y tiemblan nuestros dedos, como si compitieran con esa imparable maquinaria que son los órganos internos. Ojos y manos: vigías que en su incesante bombeo de identidad recuerdan a una especie de corazón externo. *(Amor epidérmico)*

Ella le dijo:

Hoy, cuando he salido de caza, he visto un perro, más bien un bastardo cruce de animalidades, tipo perro-lobo. Me enseñó los dientes, yo le enseñé mis manos. Nos quedamos un buen rato así, estatuas de nieve. Creo que cada cual vio su propia muerte en los ojos del otro. Nos retiramos no habiendo presentado más lucha que esa fingida batalla.

Él le dijo:

Tienes tanto poder que podrías colgar tus ropas en ese rayo de luna que entra por la ventana.

Se sabe que en todo idioma el número de palabras conocidas por sus hablantes oscila entre las cuatrocientas y las cinco mil, lo que equivale a decir que hay un grupo de población que a diario maneja cuatrocientos conceptos, y otro grupo que maneja cinco mil. Se desconocen los motivos, pero se sabe también que en ambos extremos de ese arco la mayoría de las palabras tienen que ver con la palabra *amor*, que actuaría en esos dos polos de la población como masa primaria, aglutinante y pegamento de todo lo dicho. También de lo no dicho. Pero, sobre todo, de lo que nunca se dirá. *(Amor extremal)*

Ella le dijo:

Todas las cosas —y me refiero a todas, el grifo y la rueda, las gafas y el tabaco, los vasos y los satélites, la música y la escritura, cuantas quieras imaginar—, antes de pasar a su uso civil fueron probadas en alguna guerra. Todo objeto es la resaca material de una sangrienta contienda.

Él le dijo:

Me pregunto de qué contienda es resaca el amor que inventan nuestros cuerpos.

En la lengua española, la palabra *omnipresente* —facultad por la cual un ser o una cosa están al mismo tiempo en todas partes— no tiene antónimo; el diccionario no especifica ninguna palabra que sea su contraria, no existe lo *omniausente*, aquello que podríamos definir como «cualidad de no estar en ninguna parte». Se da, además, otra peculiaridad: *omniausente* tampoco tiene cabida en ninguna otra lengua conocida, lo cual expulsa completamente a ese concepto de la esfera humana. La relación de lo omnipresente con lo omniausente no es pues de igual naturaleza que la relación que guardan otras dualidades bien conocidas, tales como luz/sombra, donde la una garantiza la existencia de la otra —la sombra existe porque es la ausencia de luz—, o la dualidad del bien y el mal —el mal existe porque es la ausencia del bien—, ni tampoco tiene que ver con el conocido par amor/odio —el odio es la ausencia del amor—. Podemos ahora pensar que el amor absoluto, si de verdad existiera, debería no necesitar de su contrario para poder presentarse, debería ser una omnipresencia que no admitiese omniausencia. Ese objeto, buscado por toda civilización como santo grial u océano primordial del que todo deviene, todavía no se ha encontrado. *(Amor omnipresencia)*

Ella le dijo:

Aún no he llegado al otro extremo de tu cuerpo. Él, mientras se quitaba la ropa y la doblaba como si fuese el equipaje del último viaje al exterior del mundo conocido, guardó silencio, se metió en la cama y esa noche soñó que le daba nombre al primer pájaro que tras el Gran Apagón había venido a posarse en el alféizar de la ventana.

En cualquier estatua griega con nombre de mujer, pongamos la Venus de Milo, con tal de reducirle los pechos aparece un varón, por ejemplo, Apolo; y viceversa, casi toda representación masculina helena se convierte en cuerpo de mujer con tal de dar mayor volumen a su pecho. Esa característica pseudoandrógina de las esculturas griegas reaparece en el cristianismo, pero unida a un solo personaje, la figura del ángel. En efecto, los ángeles cristianos, físicamente indefinidos, pueden tomar distintos sexos según sea su misión a cumplir. El ángel Gabriel que aparece en la Anunciación es representado como femenino; el que aparece en el Juicio Final es el mismo en masculino. Tiene sentido: todos los ángeles son el mismo ángel, un emisario de la voluntad de Dios, y en Dios todo es una Unidad que, según los casos, toma diferentes metamorfosis. Pero Dios no existe —o al menos no existe todavía—, de modo que hemos ido creándole sustitutos. Las diferentes religiones, monoteístas o no, y por mucho que afirmen lo contrario, son evidentes ejemplos de doctrinas que ni ven ni han visto jamás ningún dios, de modo que no trabajan con datos retrospectivamente ciertos, sino que hablan de un pasado que no existe, sus doctrinas tienen un carácter meramente ficcional, relatan unos hechos que dan por ciertos e invocan un futuro como quien en mitad de una sequía repite incesantemente la palabra *lluvia* con la esperanza de que por ello algún día la lluvia caiga. Y ante esa carencia de divinidades ciertas, los humanos nos erigimos en Creadores. Veámoslo con este ejemplo: la Inteligencia Artificial produce hoy entes con pretendidas formas de mujer o de varón, máquinas simbólicamente sexuadas que, a la manera de las estatuas de la Grecia antigua, se hallan bautizadas según unos supuestos genitales que no poseen —pongamos por caso el robot doméstico Alexa—. Pero no siempre fue así; en sus orígenes, a mediados del siglo XX, la Inteligencia Artificial dio lugar a máquinas sin un cuerpo determinado, volúmenes y cables ensamblados sin simbologías predefinidas, su sexo podía tomar en todo instante cualquier dirección —o ninguna— dependiendo del uso que se le diera a la máquina. Podemos decir entonces que en lo que se refiere a sus cuerpos, aquellas máquinas eran ángeles, los ángeles de la Inteligencia Artificial. La historia de la Inteligencia Artificial es así la de un recorrido que invierte el sentido de la historia de las representaciones de los cuerpos: la Inteligencia Artificial ha ido desde aquel carácter sexualmente abierto de sus inicios hasta su actual y rígida heterosexualidad, lo que es tanto como decir hasta el heteropatriarcalismo de la máquina. *(Amor ángel de la Inteligencia Artificial)*

Él le dijo:

He descubierto un nuevo arroyo al principio del valle, está un poco más allá de la montaña de nieves perpetuas, creo que hay renacuajos, podemos ir a verlos.

Ella respondió:

Yo ya los veía a veces, cuando iba de paseo, los primeros días tras el Gran Apagón, se movían en los recovecos de los pequeños ramales muertos de los canales. Inquietos, agitaban sus tornasoladas colas. El amor es ciego, desde la primera hasta la última cópula humana el amor es un virus que va mutando de color, pero nunca lo imaginamos de este modo.

Al contrario que el resto de depredadores, los humanos no tenemos una dentadura con la que poder expresar nuestra intención de atacar. Es por ello que cuando alguien desconocido se nos acerca, nos fijamos en sus manos, en la promesa de amor u odio de esas manos que llegan, sustitutas nuestras de las mandíbulas. *(Amor mandíbula)*

Ella le dijo:

Hay una historia que se me repite, algo que oí cuando era pequeña, y que desde entonces me acompaña: se trata de dos personas de diferente sexo, que conversan días y noches, meses y años, hablan sin parar, tanto hablan e intercambian conocimientos, datos y opiniones, que no saben cómo sus sexos terminan por intercambiarse.

Él le dijo:

No es de extrañar. Una vez le oí decir a alguien que las partículas que componen el mundo son todas la misma partícula. El protón se convierte en neutrón con sólo efectuarle un leve giro, y viceversa.

En geología, *tiempo profundo* es un concepto usado para referirse a cronologías tan antiguas que en ellas resultaría inoperante hablar de años, por eso tales escalas de tiempo se subdividen en unidades como eones, eras, periodos, épocas y edades. El tiempo profundo avanza tan despacio que bajo el punto de vista de la escala humana puede decirse que es un tiempo detenido, un tiempo cristalizado en los materiales. Llamamos *amor cristalizado en los materiales* a la experiencia por la cual cuando alguien se va de tu vida, años más tarde encuentras en tu casa cosas que no pueden calificarse exactamente de objetos —pues no fueron compradas—, pero tampoco de materias primas porque son mezclas de otros muchos materiales. Legítimos vectores de recuerdos, tales como un pelo. *(Amor cristalizado)*

Ella le dijo:

> Hoy, al regreso de nuestro paseo por el río, pisé un saltamontes muerto y me dije que ya no podía llamarlo saltamontes. Allí a donde van los animales cuando mueren, pierden su nombre para dárselo a otras criaturas. Como si en esa nueva casa del cuerpo lo muerto bautizara a lo vivo.

Él le dijo:

> No imagino mayor goce que morir para ir por ahí dándoles nombre a las cosas. A veces pienso que el primer pájaro que tras el Gran

Apagón vino a posarse en el alféizar de nuestra ventana nos dio su nombre para él perderlo.

La palabra *inmemorial* viene definida en el diccionario como «algo tan antiguo que no hay memoria ni recuerdo de cuándo empezó». De ella se deriva el conocido «érase una vez» de los cuentos, un tiempo tan lejano que en él toda cronología se pierde, no puede ser fechado. Por eso el tiempo de un cuento no es propiamente tiempo; está fuera del crono. Pero también podemos pensar en *inmemorial* como algo exactamente contrario, lo que nos es tan próximo y actual que pasa de una memoria a otra sin detenerse, sin hallar pausa ni destino, y por lo tanto sin permanecer en la cabeza de nadie. Sería en este caso *inmemorial* aquello que en su veloz circulación en ningún lado deja poso; lo que aun fluyendo y sirviendo a ciertos propósitos posee tal celeridad que por ninguna memoria será *completamente usado*, no podrá ser recordado. El amor, remoto como una fábula de niños pero acelerado como el fantasma del capitalismo, es inmemorial en esos dos sentidos. *(Amor inmemorial)*

Él le dijo:

Cuando en la noche tu cuerpo y el mío se encienden como luciérnagas, la luna se oscurece. Cada día más y más.

Ella dijo:

El sol ya lo hizo. Y aún antes la luz artificial, que sin dar explicación abandonó el mundo de los vivos.

Son los animales, no nosotros, quienes viven en la cárcel del lenguaje porque no pueden salir y colocarse frente a él y pensarlo. El motivo no es otro que su imposibilidad para acceder a las ideas que envuelven a las palabras. Un perro nunca cruza una carretera porque no sabe qué es una carretera. Por eso, entre otras cosas, lo atropellan. No es que el perro no mire a un lado y al otro antes de cruzar, es que carece de la idea de carretera. Su mirar es otro mirar, su cruzar es otro cruzar. De ahí que un animal tampoco pueda dar ni recibir amor. No es que no ame, es que su amor es *otro. (Amor lenguaje)*

Él le dijo:

Todos estos años he encontrado en tus agujeros una alegría infinita. Como si también fueran infinitos.

Ella respondió:

> Sin embargo son finitos, tienen un final, de lo contrario se perdería todo lo que vertemos en ellos, no tendríamos memoria el uno del otro.

El tubo de ensayo, común en laboratorios de investigación y análisis clínicos, si nos detenemos a pensarlo nos daremos cuenta de que tiene un nombre incorrecto. Para ser un «tubo» debería estar abierto por los dos lados, de modo que más bien habría que denominarlo «recipiente de ensayo». Por otra parte, la palabra *ensayo* no se ajusta totalmente a sus funciones; el tubo de ensayo sirve para ensayar hipótesis, pero también sirve para demostrarlas, por lo que tampoco esa palabra es del todo satisfactoria. Pensemos ahora en su forma y veremos que posee unas estrictas medidas de altura y diámetro, comunes a todos los tubos de ensayo del planeta; puede decirse que todos los tubos de ensayo del mundo son el mismo tubo de ensayo. Por ejemplo, a pesar de que, como es sabido, en Estados Unidos todas las cosas son más grandes que en Europa porque allí el tamaño de los objetos está multiplicado por un factor de escala aproximadamente de 1'1, o también a pesar de que en Japón ocurra lo contrario y las cosas sean más pequeñas porque el factor de escala respecto a Europa es de 0'9, los tubos de ensayo son iguales en Europa, Estados Unidos, Japón, África u Oceanía. Incluso en Marte lo serán si algún día el planeta rojo es colonizado. Pero la forma del tubo de ensayo nos dice muchas más cosas: sabemos que todas las culturas han planteado su particular canon de cuerpo humano, canon fundamentado tanto en ideas matemáticas como en imágenes simbólicas. Los egipcios tomaban como referencia corporal el puño, y así el cuerpo humano ideal debía tener dieciocho puños de altura. El canon griego tomó como referencia las siete cabezas propuestas por Policleto, que Miguel Ángel amplió a siete y media y Leonardo a ocho. La imaginería cristianorrománica planteó un canon muy distinto, simbólicamente relacionado con la evolución de las representaciones del cuerpo de Jesucristo, que nunca cumplen la regla impuesta por el cuerpo griego, y así en aquellos siglos Jesucristo casi siempre aparece ligeramente deforme o contrahecho. Tampoco los cánones de las culturas antiguas de la India, Nueva Guinea o lo que hoy es México, todos fundamentalmente simbólicos, tenían que ver con los nuestros. En el siglo xx, el canon occidental más conocido fue el propuesto por el arquitecto Le Corbusier, que lo llamó Modulor, y que está relacionado con los espacios habitacionales arquitectónicos y con el mobiliario doméstico que usamos. Sea como fuere, lo que aquí nos interesa, la verdadera novedad, aparece cuando reparamos en que la altura y la anchura del tubo de ensayo guardan la misma proporción que nuestros brazos y piernas. En efecto, la relación de altura/diámetro de una pierna media humana es la misma que la relación altura/diámetro de un tubo de ensayo. Y también la relación altura/diámetro de un brazo humano medio es la misma que la altura/diámetro de un tubo de ensayo. El tubo de ensayo no sólo es idéntico en todo laboratorio y cultura del planeta sino que es idéntico a todo cuerpo, y esto es lo que lo convierte en el desapercibido y acaso secreto canon del humano contemporáneo. Como corolario, obtenemos la certeza de que el cuerpo, nuestro cuerpo —y esto incluye los afectos y el amor que toda nuestra carne despliega—, tiene hoy su extensión natural en las praxis de laboratorio. *(Amor tubo de ensayo)*

Él le dijo:

> Tampoco sé qué es lo que nos interrumpe el paso a las ruinas de las casas que han quedado en pie tras el Gran Apagón. Sospecho que son las almas de los cuerpos de quienes las habitaban, que en su despavorida escapada murieron en los umbrales de las puertas.

Ella le dijo:

> Hasta que no nos amemos dentro de todas esas estancias, nuestro amor no estará completo. La humanidad muerta es un rompeca-

bezas que con nuestros cuerpos hemos de reordenar.

Venecia (1)

Mes de junio, planta principal de un palacete cuyos cimientos se sumergen en las aguas del veneciano canal de la Misericordia. Hay una habitación, y un gran ventanal con vistas a las cúpulas de la basílica de San Marcos y a un mar que cambiará de color varias veces al día. También hay una escritora que con tal de alzar la vista podría ver todo eso pero en su lugar baja la cabeza y pulsa una máquina de escribir. El tecleo provoca movimientos en una pequeña bola de cristal, miniatura de la ciudad de Venecia que, a su derecha, yace en la mesa, y entonces dentro de esa bola una capa de nieve se eleva y dibuja volutas en el aire y después cae sobre la ciudad de plástico, y la escritora teclea, no deja de teclear mientras afuera, en la Venecia real, la Venecia de turistas y agua y piedra, el bochorno y la humedad de junio traen una tormenta de principios de verano. Ahora aborda un pasaje más intenso, la mesa es un diapasón que tiembla, la nieve gana altura dentro de la bola, choca de nuevo contra su pequeño techo de cristal antes de caer sobre palacios sin habitantes y cubrir canales secos. Los libros y papeles que desperdigados sobre el escritorio tratan de un mismo tema, el amor, reciben esos golpes y ni se inmutan. Dentro de la bola un copo de nieve acaba de posarse en la plaza de San Marcos, la ocupa por completo; al mismo tiempo, afuera, en la ciudad de turistas y agua y piedra, un relámpago de junio ilumina el horizonte de siluetas palaciegas. Y ahora siente los dedos doloridos, las teclas de estas viejas máquinas no perdonan, un par de uñas rotas, siempre piensa en cortárselas pero nunca lo hace. Se detiene, cesan las vibraciones en la mesa. En el interior de la bola el cielo está en calma, sus calles son sábanas blancas, el techo de cristal intacto, y piensa: «Cuando nieva, ¿a dónde van los pájaros?».

«Cuando nieva, ¿a dónde van los pájaros?», se repite la escritora. Su esposo duerme en la habitación de al lado, lleva muchos días durmiendo, y ahora ella se levanta, deja atrás el escritorio, observa la calle a través del ventanal de la planta principal del palacete, alquiler vacacional que consiguieron a precio de ganga, y en el que desde hace seis meses ambos residen; a la agencia inmobiliaria no le importó extender el tiempo del contrato cuanto la pareja quisiera. Hemos dicho que desde hace seis meses ambos residen en la planta principal de ese palacete, pero no es del todo exacto. Estamos ya en junio y llegaron, en efecto, el pasado enero desde su lugar de residencia, Montevideo, sin otra intención que disfrutar de un par de semanas de turismo en la serenísima ciudad, pero tras agotar aquellos quince días, y por motivos que nunca explicó del todo, él dijo que se quedaba, que no se movía de Venecia, y ella tuvo que regresar sola al domicilio uruguayo. Ahora, seis meses más tarde, ha vuelto para buscarlo, ha vuelto porque no comprende qué demonios hace él solo en Venecia, y han hablado, o más bien no han hablado, silenciosas reuniones que dicen más que todo un abecedario. Entonces ella, y acaso para poner en orden todo ese silencio que de pronto blinda a la pareja, se ha sentado y ha comenzado a teclear, ordenar el desordenado abecedario de una máquina de escribir. Oye a su esposo moverse en la cama de la habitación de al lado, a través del tabique ruidos de colchón, movimientos de sábanas que al instante cesan.

El resplandor de un rayo, aún lejano, corta en dos el estudio, ella deja de teclear. De pie ante el ventanal observa los escasos movimientos que un gondolero precisa para hacer girar completamente su embarcación y perderse tras la última curva del canal, y recuerda cuando, hace muy pocos días, a las 2.30 de la madrugada aún estaba en el aeropuerto de Montevideo, a punto de coger el vuelo que la traería a esta segunda estancia en Venecia para reunirse con su esposo. Recuerda el edificio totalmente vacío y se ve a sí misma avanzando por el *hall* de facturación, sola y ganada por una sensación de vagabundaje. Poca gente sabe que en todo aeropuerto hay un *instante cero* de aeropuerto, unos cuantos segundos, que a veces pueden ser minutos, en los que no hay un solo pasajero y la instalación aeroportuaria al completo deja de cumplir su función, se convierte en otra cosa. Tras pasar el control de seguridad se acerca a una máquina expendedora para extraer una botella de agua antes de explorar la zona C, donde se detiene ante las tiendas; todas las persianas bajadas, observa los escaparates de souvenires y piensa que esas miniaturas de plástico y metales baratos no sólo resumen un país sino un estado de ánimo al completo. Todos somos souvenires de una idea, de una perversión, de una nación, de una persona, de lo que sea; no poseemos souvenires, nos poseen a nosotros. Y aunque no llega a comprender por qué en el Aeropuerto Internacional de Montevideo venden un souvenir de una ciudad italiana, en la única tienda abierta compra una bola de cristal que contiene la ciudad de Venecia; de pronto le ha hecho gracia llevarle a su esposo ese objeto. Se lo comenta al encargado de la tienda, quien mientras meticulosamente le envuelve la bola, le dice «por algo se llama Aeropuerto Internacional, tenemos de todo. Además, ¿existe ya en el planeta algo que no sea Internacional?». La escritora recuerda ese deambular aeroportuario, ocurrido pocos días atrás, y ahora, en el palacete veneciano, ha regresado a su mesa de trabajo y otra vez se ha puesto a teclear acerca del único tema que le interesa, el amor. Una súbita luz venida del este, de la zona de los canales viejos, de nuevo corta en dos su estudio. La tormenta de verano se acerca. Para cuando llegue el trueno, ya habrá tecleado más de doscientas letras, la bola de cristal habrá botado sobre la mesa y nevado otras tantas veces sobre la plaza de San Marcos miniaturizada.

Aeropuerto de Montevideo, 2.30 de la madrugada, única pasajera en la sala de espera, soledad que da a los techos un aire catedralicio, soledad que la lleva a imaginarse a sí misma llegando a Venecia, dejando la maleta en la puerta de la planta principal del palacete, un beso con lengua, muy prolongado, luego a él desenvolviendo el regalo y su cara de asombro al ver la pequeña bola de Venecia traída hasta Venecia desde tan lejos. Pero eso será al día siguiente; de momento, no tardan en llegar los otros pasajeros a la puerta de embarque. Un hombre, que debe de superar los ochenta años de edad, alto y delgado, pelo canoso, se sienta frente a ella. Su rostro le resulta familiar. Tarda unos minutos en recordar que seis meses atrás, en su primera estancia en Venecia, ya lo había visto; le extraña volver a encontrarlo tan lejos de la ciudad italiana. Ella y su esposo se lo habían cruzado varias veces por la calle y no había podido sino fijarse en su indumentaria de embajador de película; chaqueta de traje azul cruzada, botones dorados y una corbata color burdeos. El hombre cruza las piernas al mismo tiempo que cruzan sus miradas, él no tarda en levantarse, se dirige a la máquina expendedora de refrescos y extrae un botellín de agua, sorteando a un grupo de pasajeros regresa a su asiento, lo bebe prácticamente en dos tragos, mantiene el envase vacío entre las manos, parece acariciarlo mientras clava su mirada en un punto de la pared de sala de espera y permanece con la vista en ese punto indeterminado, y entonces a ella ese hombre que parece un embajador le recuerda a un berebere.

La escritora conoce bien las costumbres bereberes porque en su primera juventud, en un viaje a la cordillera del Atlas marroquí, había contratado los servicios de guía de uno de estos nativos adictos al té y a las visiones del otro mundo, un hombre que parecía tener a su alcance todo lo que se proponía. Si precisaba agua, detenía el coche, se perdía tras una cuneta y regresaba con la cantidad precisa de líquido; si al llegar la noche tenía frío, detenía el coche justo en el lugar donde podía arrancar unas matas con las que encender un fuego, y después se sentaba en torno a una pequeña hoguera, en la que ponía a calentar un agua extremadamente cristalina, que luego sería té. El motivo por el que la escritora estaba en aquel lugar africano no era otro que recorrer la larguísima y casi desaparecida ruta de contrabandistas de armas y piedras preciosas que une la ciudad de Argel con la cordillera del Atlas marroquí; su propósito, investigar y recoger costumbres alimentarias, especialmente recetas de las diferentes comidas utilizadas por los hombres y mujeres que siglos atrás trazaron esos caminos fuera de la ley; a una ruta clandestina —tal era su hipótesis a demostrar—, de algún modo han de corresponderle comidas también clandestinas, comidas al margen de los menús y dietas conocidas. La escritora recuerda que, una noche, aquel hombre del Atlas cogió la taza de té y se quedó observando por unos instantes los posos para, inmediatamente, decir que lo que más le gustaba era cazar leopardos, uno al año, porque la sangre del leopardo era la única tan buena para beber como para comer frita, frita con la propia grasa del leopardo, «si exceptuamos el cerdo y la foca, debe de ser el único animal que nos permite todas esas redundancias consigo mismo —dijo el berebere—, pero mi religión me impide comer cerdo, y en el desierto no hay rastro de focas, así que el leopardo es el cerdo de mi cultura». Ella no dijo nada, anotó ese dato. A un lado, el desierto y su resplandor último, que nunca sabes a qué se debe; al otro lado, la cordillera del Atlas, que arranca súbitamente del llano hasta los más de cuatro mil metros del pico Toubkal, siempre nevado. Y recuerda que aquel tipo había avivado el fuego y le había dado un sorbo a su taza de té antes de señalar con el dedo la cima de esa montaña y preguntarle: «¿Qué hay ahí arriba que no haya aquí abajo?». Ante el silencio de ella, encogida de hombros, el berebere había continuado diciendo: «*El Kilimanjaro es una montaña cubierta de nieve de 5.895 metros de altura, dicen que es la más alta de África. Su nombre es, en masái,* Ngáje Ngái, *"La Casa de Dios". Cerca de la cima se encuentra el esqueleto seco y helado de un leopardo, y nadie ha podido explicar qué estaba buscando el leopardo por aquellas alturas*», y entonces se detuvo para compartir con ella su taza de té, antes de seguir diciendo: «así comienza el relato titulado "Las nieves del Kilimanjaro", de Hemingway, seguro que usted, que es escritora, lo ha reconocido, pero ha de saber que el leopardo del que habla Hemingway, el leopardo real, leopardo que ese escritor nunca vio, no está en el Kilimanjaro sino ahí, en el monte Toubkal —y señaló con su mano la cordillera—, y además no es un leopardo sino una leoparda, una hembra a la que la tradición de este lugar llama Alexandra, nombre originalmente griego, traído hasta estas tierras por las conquistas romanas, y que significa "Protectora de la Humanidad". Es en esa cumbre donde se hallan los huesos de la felina que nos protege. Todos aquí la hemos visto, el hielo allí arriba es muy transparente, tanto como el agua del río Ourika, y tanto como los cubitos de hielo que venden en la última gasolinera que vimos ayer, en el último cruce de caminos, cien kilómetros al norte, que se hacen con el agua de ese río. Hay extranjeros que vienen hasta aquí sólo para ver la pureza de esos cubitos de hielo de gasolinera, puedes mirar a través de ellos sin que causen deformación en la imagen, prismas tan exactamente transparentes que casi no los ves, pareciera que tuvieras que imaginarlos. La gente quiere llevárselos como prueba del agua más cristalina que hasta la fecha se conoce, pero se les derriten por el camino. Los visitantes los mezclan con refrescos, con té o simplemente con otra agua que ellos mismos traen en garrafas, y se la llevan y en sus casas la beben como quien bebe agua bendita. Y toda esa agua procede del lento deshielo de la capa de tres metros de grosor que, en la cumbre del monte Toubkal, cubre el cadáver de nuestra leoparda protectora, Alexandra, un hielo tan cristalino que si miras a los ojos a la felina ves la última visión que experimentó, la visión de la muerte misma. Sí, puede decirse que es la cara de la muerte la que yace allí arriba». Después, el berebere dejó la taza de té en la tierra, junto a su mochila de piel de cabra, e hizo algo que la escritora en ese momento no entendió: extrajo del bolsillo interior de la chaqueta una fotografía, un retrato de él mismo en el que su silueta se recortaba ante un poblado de casas de barro y paja, y la arrojó al fuego, la arrojó sin más, con un movimiento de boomerang que no esperase ningún regreso. El papel satinado no tardó ni un minuto en reducirse a una fina lámina de carbón, tiempo en el que la escritora observó la lenta marea de fuego ascender por el cuerpo del retratado hasta invadir su rostro por completo. También sin decir palabra, el berebere observó esa combustión de su propio cuerpo. En tal silencio la escritora sintió la latencia de un secreto antiguo cuyo conocimiento se le escapaba. Estuvieron así unos cuantos minutos, hasta que él se levantó, dijo tener sueño y por primera vez le pidió pasar la noche en el coche que días atrás habían alquilado. Ella aceptó, y decidió entonces dormir por primera vez fuera, junto a la hoguera. Era una mujer menuda, no necesitó un gran fuego a su lado para mantener la temperatura de su cuerpo. Cuando al día siguiente el sol la despertó todavía hacía frío. Valida de trucos que en esos días le había enseñado el berebere, cogió unas matas y arbustos y encendió un pequeño fuego, suficiente para calentar el agua del desayuno. Al avivar las llamas, aún distinguió entre las brasas trozos quemados de la fotografía. Después se acercó al automóvil de cristales tintados. Tardó unos segundos en percatarse de que el hombre no estaba dentro. Bajó la vista, en la tierra se dibujaban dos líneas de pisadas que partían de la puerta del coche; unas se dirigían hacia el norte para adentrarse en el desierto, y las otras hacia el sur, en dirección a la cima del monte Toubkal. La escritora retrocedió unos pasos, tomó distancia para ver mejor lo ocurrido: en ambas direcciones la misma talla de sandalias y el mismo dibujo de las suelas. No lo entendió, no pudo entenderlo. En su cabeza tomó forma la fotografía que la noche anterior habían quemado en la hoguera, como si quemar la imagen de alguien, en vez de destruir al carbonizado lo multiplicara por dos.

La escritora teclea en tanto su esposo duerme en la habitación de al lado, la bola de cristal salta en la mesa y nieva sobre la miniatura de Venecia mientras afuera, en la ciudad de agua, turistas y piedra, la tormenta de verano se acerca, y ahora ve otro rayo, aún lejano, y sigue recordando el vuelo que pocos días atrás la ha traído de Montevideo a Venecia. Recuerda que tuvo suerte y su fila se hallaba vacía; dos asientos a su entera disposición. Vestía una camisa blanca con botones negros nacarados, la había encontrado con su esposo seis meses atrás, en enero, en su primera estancia juntos en Venecia. La prenda estaba tirada en una calle y le había gustado nada más verla; la tela tiene un efecto reconfortante en su corazón, le hace percibir los latidos de su pecho más prolongados y suaves. La aeronave toma altura, el siempre turbio y gris delta del Río de la Plata queda atrás y la escritora pronto se da cuenta de que le ha beneficiado no haber desayunado; hasta alcanzar la velocidad de crucero las turbulencias son fortísimas. Oye vomitar a un pasajero de los asientos traseros, gira la cabeza. Le sorprende no sólo ver que en la sección de cola no viajan más pasajeros que ellos dos, sino que se trata del hombre que ya ha visto en la sala de embarque, aquel que parece un embajador que a su vez se parece a un berebere que muchos años atrás escindido en dos desapareció en la cordillera del Atlas. Sus miradas se cruzan, al instante ella vuelve la cabeza al frente. Piensa en su esposo y recuerda que, estando ella aún en Montevideo, en llamada telefónica desde Venecia él le había dicho: «cuando llegues no iré a esperarte al aeropuerto, coge el taxi-vaporeto», y ella no había sabido cómo tomárselo; a pesar del magnetismo de las voces, y por algún efecto que aún nadie ha sabido explicar, las cosas suenan mucho más lejanas e irreales telefónicamente que por escrito. Cesan las turbulencias y con ellas los vómitos del hombre sentado en la cola del avión. Ella mira a través de la ventanilla. Luce el sol, más arriba de la capa de nubes siempre luce el sol. La punta del ala destella, la ve ligeramente curvada, y eso la inquieta. No tardan en apagar las luces.

Los pasajeros duermen, lo hacen como muertos, ella también cierra los ojos pero no duerme, recuerda el primer viaje a Venecia, seis meses atrás, en enero, con su esposo. Nada más aterrizar no habían perdido ni un segundo. El representante de la agencia inmobiliaria les había dado las llaves de la planta principal del palacete, para a continuación desgranar unas recomendaciones acerca de la ciudad en general y del canal de la

Misericordia, no muchas, pero suficientes para los quince días de estancia que preveían; antes de despedirse enunció un escueto aviso: «el casero me ha dejado para ustedes una cosa que aún falta del mobiliario, se la haré llegar por mensajería». No sólo era la primera vez que juntos pisaban Venecia sino también la primera vez que juntos pisaban la nieve, doble novedad que les excitaba demasiado como para poder comprenderlo todo de un solo golpe. Vieron escaparates con joyas de más de veinte mil euros y pájaros que sin inmutarse atravesaban nubes de nieve. La escritora recuerda que aquel primer día decidieron no demorar la visita a uno de los enclaves que más ilusión les hacía conocer, los jardines donde es costumbre que se celebre la famosa Bienal de Arte; en esos días se hallaba inactiva, pero les bastaba con ver por fuera los pabellones de los diferentes países y pasear entre los árboles del bosque que los alberga. Comenzó a nevar y luego a llover con mucha fuerza; con gran fastidio desistieron de la visita a la Bienal. Dedicaron la tarde a comer bajo la lluvia focaccias de espinacas y jamón. Al pasar ante un taller de taxidermia, una ordenada colección de ardillas, liebres y gaviotas secas parecían mirarlos desde el escaparate. Acercaron la cara al cristal. En el interior, muy al fondo, varios hombres y mujeres trabajaban en lo que parecían venados, felinos y otros animales mayores. Él se hipnotizó en los ojos de un leopardo, aún no del todo taxidermizado y entrevisto tras el mostrador. Ella recuerda haberle dicho entonces que el momento clave de la taxidermia es cuando de entre los cientos de ojos de su catálogo, el artesano elige las pupilas exactas en color y forma «que le den al animal la profundidad de la vida y le retiren la de la muerte». Después había salido el sol, el sol siempre sale, y habían estado recorriendo las tiendas de ropa cara en torno al puente Rialto, en las que él se empeñaba en entrar. Ella, de natural elegante pero contraria al prestigio de las grandes firmas, le esperaba fuera mientras observaba a hombres y mujeres que sentados en las terrazas tomaban sofisticadas aguas minerales al amparo de estufas de butano; las altísimas llamas parecían brotar de la misma acera. No recuerda cuánto tiempo más había durado aquella excursión a las tiendas caras, pero sí que, cuando ya perdidos en la trama de calles se alejaban de ese barrio, vio por primera vez al hombre de aspecto de embajador; sentado en una terraza, bebía un vaso de agua. Fue una visión demasiado fugaz como para calificarla de plena, pero en los pocos segundos que duró, ella experimentó la totalidad de un recuerdo, un recuerdo al completo, que creía tener olvidado: en su primera juventud, tras años sin pisar una iglesia, se había visto obligada a ir al funeral de la madre de una buena amiga, y, como suele ocurrir con los no creyentes, llegó al rito lo más tarde que pudo. El templo se hallaba abarrotado, pero consiguió un asiento en una esquina del último banco, junto a un altavoz que colgaba de una columna. La megafonía estaba desconectada, al cura no le hacía falta gritar debido a la excelente acústica de la nave central. Y ocurrió casi al final. Mientras alguien de la familia evocaba una vez más la vida y milagros de la fallecida, ella había comenzado a oír una respiración a través del altavoz que tenía al lado, a pocos centímetros de su oreja. Enseguida se dio cuenta de que no se trataba de un ruido electrónico parásito, sino del aliento de una boca, como cuando por la noche te despiertas y no puedes dormir y te detienes a oír la respiración de quien duerme a tu lado. Pasados un par de minutos, el sonido cesó sin más. El cura llamó a comulgar, y ella, de improviso, se puso a la cola que conducía al altar. Aunque tan sólo fuera por una vez en la vida, había sentido la absoluta necesidad de experimentar el pecado mortal.

Otro día de aquel primer viaje a Venecia, en una calle cercana al palacete, él se fijó en una estatua, adosada a una fachada, a la que le faltaban los dos ojos, no comentó nada pero pensó que no comprendía semejante acto vandálico; arrancarle los ojos a una estatua equivale a arrancárselos a todas las estatuas vivas del mundo: los humanos. Después habían entrado y salido de multitud de cafeterías a la búsqueda de una que ofreciera un café a un precio razonable. Llovía pero el agua no deshacía la nieve; por el contrario, era tal el frío que las gotas instantáneamente se solidificaban en pequeñísimas esferas dándoles a los canales helados y a las calles un aspecto de cielo estrellado; imaginaron cuántas constelaciones podrían hacerse uniéndolas, antes de pisarlas y mezclarse nieve y hielo de nuevo. Y fue al girar la esquina de una calle adyacente a otra principal, relativamente solitaria y en semipenumbra, cuando vieron una camisa tirada en el suelo. Al principio, debido a su color blanco, casi idéntico al de la nieve, no la detectaron, pero por los botones negros nacarados rápidamente se percataron de que ni la tela era nieve ni por supuesto los botones gotas de hielo sucio. Totalmente extendida, pareciera que la propia ciudad la hubiera dejado allí expuesta. Recuerda que su esposo le había preguntado si se trataba de una camisa de mujer o de hombre, y ella decirle que no hiciera preguntas anticuadas. En silencio la observaron unos segundos antes de aproximarse. Nada más rodearla, instintivamente dieron un paso atrás al ver que, bajo la tela, a la altura del pecho, un bulto se contraía y se expandía. «Como un corazón —dijo ella—, debe tratarse de un pequeño pez arrastrado por las aguas del canal, que en algunos puntos de la ciudad se ha desbordado.» Él afirmó que eso era imposible, que probablemente sería un pequeño pájaro caído de un nido de un árbol, a lo que ella replicó que en Venecia no había árboles. De pronto el bulto avanzó bajo la camisa, llegó al hombro derecho, giró y descendió por la manga, al principio lentamente y luego a toda velocidad. Del puño de la prenda emergió el hocico de una rata. Al contacto con la luz directa, el animal pareció asustarse de su propia sombra antes de retraerse al interior, subir a toda prisa y acurrucarse de nuevo en el corazón. Cuando se alejaron seguía latiendo.

Aquella misma noche, al llegar al portal se encontraron con un repartidor, «traigo este paquete, lo envía la agencia inmobiliaria, es para la planta principal, ¿es la de ustedes?, firmen aquí». Mientras subían las escaleras, muy verticales y casi en espiral, él bromeó con que parecían una garganta que todo lo engullese. Ya en el salón, abrieron el paquete, no más grande que una caja de zapatos. Tardaron unos minutos en entender que el objeto cilíndrico de color dorado que tenían ante sus ojos era un asistente personal Alexa. «Por cortesía del propietario les hacemos llegar este aparato, para que les sirva de ayuda en su estancia en Venecia. Atentamente», decía una nota. Un anillo de luz azul se iluminó en su corona cuando el pequeño artefacto se conectó espontáneamente a la red wifi. Se quedaron unos segundos pasmados en el latir de su circularidad. «Parece un corazón», dijo él. «Más bien un ojo», dijo ella. Esa noche, ya en la cama, en una penumbra únicamente perturbada por el parpadeo del anillo de luz azul, que desde el salón alcanzaba el dormitorio, ella, en voz muy baja para no ser oída por Alexa, le susurró a él al oído: «¿De dónde viene el nombre de Alexa?». Tras pensarlo unos segundos, y también en voz muy baja, él dijo: «Es la abreviatura de Alexandra, nombre griego que significa protectora de la humanidad». Ella iba a decirle algo más pero entendió que si él había tardado unos segundos en responder no era por su falta de erudición en lenguas muertas, sino porque estaba a punto de quedarse dormido. La cadena de ronquidos que siguieron no hizo sino demostrarlo. Se acurrucó bajo las mantas y pensó cómo estaría interpretando Alexa esos sonidos sin forma manados de algún lugar de la garganta de su esposo. Al día siguiente, nada más ser despertados por un haz de sol filtrado en las persianas, se besaron con una profundidad poco habitual en ellos, y como si durante la noche él hubiera estado rumiando la respuesta a aquella pregunta, lo primero que dijo cuando despegaron sus labios fue «bueno, también he de decir que el gran poema griego que relata el fin del mundo se llama *Alexandra*, lo escribió Licofrón y narra la historia de Grecia al completo, desde Troya hasta la conquista romana, la precipitación de toda una civilización al abismo de su extinción».

Otro de aquellos días, aconsejados por un monaguillo de la iglesia de la Magdalena —con quien casualmente habían estado hablando, y al que sorprendieron escuchando un lote de vinilos en la sacristía—, se acercaron a una tienda de discos de segunda mano, muy cercana, junto al canal de Santa Caterina. Un aire de anticuario, amarillento, dominaba el local, únicamente roto por el negro de algún disco cuando un cliente lo extraía de su funda, negritud que a la escritora le pareció imperturbable como una estrella de carbón. La peculiaridad de la tienda consistía en que también tenía un servicio de grabación de discos para el público; cualquiera podía ir y grabar lo que deseara —una canción para su recuerdo personal, un parlamento para felicitar el cumpleaños a su abuela, lo que fuera—, y en pocos minutos, previo pago de una suma considerable, salir de la tienda con un vinilo de 33 rpm, edición única, debajo del brazo. El sistema de grabación era el estándar, el utilizado en los primeros años de la industria fonográfica, que es sencillo y apenas ha variado con el paso del tiempo: te metes en la cabina, donde las vibraciones de tu voz y de los instrumentos tocados en vivo son enviadas por los micrófonos a un plato giratorio muy parecido al de un reproductor normal de discos, pero con la peculiaridad de que en este caso el disco de vinilo está totalmente liso, virgen, y que la aguja es un grueso punzón que vibra debido al sonido que eléctricamente le va llegando. Es esa vibración la que en tiempo real va literalmente arando el vinilo, abriendo el microsurco, huella sonora que luego vemos en los discos que escuchamos. Ya minutos antes, de camino hacia la tienda, él había comentado algo que de algún modo tenía que ver con todo aquello: «me extraña que los árboles de las ciudades no arañen y dejen sus surcos y microsurcos en las fachadas de los edificios. Al verlos moverse con el viento, pareciera que fueran a grabar su particular sonido de árbol en los muros de las casas, pero nunca lo hacen, y tampoco lo hace la hierba de los jardines, que se mantiene en sus parterres dominada». Al entrar en la tienda cada cual se había ido por su lado. La escritora estuvo curioseando rarezas de la escena *no wave* americana de finales de los años setenta, y, entretenida, perdió la noción del tiempo, hasta que él apareció para decirle que ya estaba harto de la sección de música clásica, donde había estado escuchando unas primeras grabaciones de Chopin; de hecho, había comprado una rareza, y le señaló la bolsa en la que la llevaba. Cuando regresaban, bajo unos incipientes copos de nieve intentaron entrar en la plaza de San Marcos pero la plaza estaba acordonada, y es que nada se sabía de por qué en ese punto de la ciudad parecía haberse instalado una gran burbuja de ausencia de sonido, «al entrar en la plaza, todo sonido desaparece, como si te vaciaran los oídos, es algo único, no se tiene conocimiento de nada igual, y además esa total falta de sonido produce enormes jaquecas en quienes se adentran en la plaza», les dijo el policía que les impidió el paso, quien protegía su rostro con una mascarilla del color del camuflaje. Contrariados, se conformaron con contemplar desde la barrera la desértica explanada, y la ornamentada basílica, quieta y blanca como una montaña de nieves perpetuas. Se alejaron en dirección al palacete. A la altura del último puente, él comentó: «hay algo que desde que hemos salido de la tienda de discos no me puedo quitar de la cabeza». «¿Qué es?», dijo ella. «Pues he pensado que todas las cosas tienen surcos. El asfalto que pisamos y la ropa que vestimos, las rocas de los bosques y las tejas de las casas, las decoraciones en el cuero de los zapatos y los hocicos de los perros, todo posee sus propios surcos y microsurcos, por eso creo que en todas las cosas ha de haber un sonido y cada objeto ha de contener su música particular. Es cierto que no sabemos qué aguja podría extraer toda esa banda sonora del mundo, ni cómo sonaría, pero en justa lógica deben de existir todas esas melodías, ¿no crees?» La escritora asintió en tanto observaba un grupo de gaviotas que pasaban rasantes sobre las pequeñas olas que dejan los barcos y las góndolas, rizado de agua que nunca se detiene y devora la resistencia de los cimientos de los edificios. Minutos más tarde, ya en el palacete, a la escritora le vino a la mente el leopardo disecado que días atrás había hipnotizado a su esposo, y mientras dejaba el abrigo en el perchero de la entrada, le preguntó: «oye, ¿cómo se dice *leopardo* en latín?», a lo que de inmediato él respondió: «*Leopardus*, que es la conjunción de *leo* (león), y *pardus* (pantera). Los antiguos creían que el leopardo era un animal bastardo, un bicho residual, resultado de la antinatural cópula de una pantera y un león». Después cenaron arroz con ternera seccionada en tacos, que ella cocinó, receta que conocía bien, y a la que esta vez añadió unos trozos de col apenas pasada por la sartén. Cuando la cortó, de un solo tajo sagital, se quedó unos segundos observando las intrincadas formas de sus hojas, laberínticamente empaquetadas las unas dentro de las otras. Le parecieron esas hojas de col un fósil, un paisaje visto por primera vez por unos ojos.

En otro de aquellos paseos en su primer viaje juntos a Venecia se cruzaron con un ciego; nada en su aspecto físico parecía indicarlo, pero uniformados movimientos de piernas lo delataban. La escritora dijo: «ayer y hoy he visto muchos ciegos». No habían pasado unos minutos cuando, camino de un restaurante se cruzaron con una mujer de ojos completamente velados, a lo que ella comentó: «blancos como la nieve que pisamos». Los días siguientes, también él, y quizá por estar sobre aviso, se percató de que varias veces al día se cruzaban con invidentes. Esa noche, mientras en el salón principal él veía la televisión, ella levantó la vista del libro que estaba leyendo y dijo que la ciudad estaba siendo tomada por gente ciega, estaba segura de ello, pero no ciegos de antes, sino gente que súbitamente perdía la vista, de modo que no tenían tiempo a acceder a esa sensibilidad especial que la invidencia proporciona cuando es de nacimiento. Trajo entonces a colación un viejo relato, cuyo nombre en ese momento no recordaba, y que había leído en un libro de un autor francés, Boris Vian, hoy prácticamente olvidado: «la historia trata de una ciudad en la que un día, y sin que los meteorólogos hayan acertado a predecirla, se instala una niebla tan densa que los habitantes no pueden ver más allá de uno o dos centímetros. Al principio, temerosos del cielo y del prójimo, se agazapan en el último y más escondido rincón de sus casas. Pronto se dan cuenta de que ese acto carece de sentido: no se está más oculto en un profundo agujero que en mitad de una explanada completamente diáfana. El espacio ciudadano es una masa continua de nubes del color de la leche, a la que no sólo comienzan a acostumbrarse sino que con el paso de los días les hace perder toda inhibición. Salen desnudos a la calle, cogen cualquier cosa de las tiendas y se van sin pagar, fornican con la primera persona que encuentran a su paso, y todo así. Viven una felicidad a imagen y semejanza de la del dios Pan. Un día, la niebla se disipa de pronto. Tomados por un insoportable pudor, seguido de la vergüenza por todo lo cometido, se esconden en sus casas con intención de no salir nunca más; hay quien se quita la vida. La situación se vuelve alarmante a tal punto que, con urgencia, es convocado un consejo ciudadano.

Tras días de acalorados debates proponen como solución iniciar cuanto antes el regreso a aquel feliz estado de invidencia, y para ello decretan que toda la población deberá quitarse los ojos. Y ahí termina el relato de Boris Vian. Pues bien, llegado este punto, me parece incuestionable que la ciudad de Venecia ha comenzado su lento proceso hacia esa clase de ceguera. Por cierto, ¿cómo se dice *ciego* en latín?». «*Caecus*, se dice *caecus*», responde él.

Otro de aquellos días de su primer viaje juntos a Venecia, una mañana demasiado fría y ventosa como para salir, decidieron dedicarla a escuchar el vinilo de Chopin en el excelente equipo de música de que disponía el palacete, y a cocinar con ingredientes y condimentos extravagantes para ellos, materias primas de las que tenían conocimiento por los libros de las exploraciones de Marco Polo y por los fascículos de *Comidas del Mundo*, que en su infancia la escritora recordaba haber coleccionado y casi podría decirse que memorizado. En tanto ella seleccionaba los ingredientes, él, sentado en el sofá, observaba el latido azul del pequeño cilindro dorado de Alexa cuando le vino la descabellada idea de que ese cacharro estaba copiándolo todo, su misión era registrar todo sonido del palacete, toda conversación y todo ruido proveniente del exterior, pero no para obtener patrones de nuestros gustos con los que después los grandes poderes del mundo puedan emocionalmente controlarnos, sino todo lo contrario, para olvidarse de nosotros y en algún lugar, y con todos esos datos nuestros, construir un mundo paralelo, una nueva Naturaleza en la que dejarnos definitivamente atrás a nosotros los humanos. Y a él esta idea le inquietó mucho más que la del control. Como si en lugar de una fuente de información conocida, Alexa fuera una creadora de combinaciones de realidades hasta entonces inimaginadas, una primitiva computadora cuántica. Terminaron por cocinar un sencillo arroz con ternera cortada en tacos; ella admitió saber de memoria los ingredientes de los platos que aparecían en *Comidas del Mundo*, pero de pronto no tener ni idea de cómo utilizarlos; inexplicablemente, a la hora de ponerlos en práctica sus manos se hacían un nudo, no avanzaban.

Otro día de aquel primer viaje juntos a la ciudad de Venecia, durante un desayuno de media mañana en el que la escritora echaba mermelada a una tostada como si deseara hundirla para siempre, él le contó que esa noche había tenido un sueño: «soñé que estábamos durmiendo, aquí, en nuestra habitación, y que unos ruidos me despertaban. Como no conozco este edificio pensaba que eran los temblores típicos de las construcciones antiguas, pero no tardaron en transformarse en pequeños golpes metálicos en la cerradura; claramente, alguien estaba tratando de abrir la puerta.

En el sueño yo te despertaba y nos quedábamos en total inmovilidad, helados como dos ratones en un hueco de nieve, atentos a la evolución de unos ruidos cada vez más explícitos, hasta que oíamos el sonido de las bisagras de la puerta. Tú te levantabas de un salto, yo te seguía y caminábamos de la mano hasta el recibidor donde, junto a la gran mesa de la sala, tres hombres vestidos con unos monos que en la oscuridad eran azules dejaban unas cajas de cartón, muy grandes, pero que por el modo en que las manejaban parecían sumamente ligeras y vacías. Nos miraban, y tras unos segundos de silencio nos decían que llevaban años viniendo a esta casa, que buscaban algo pero que ni ellos mismos sabían qué buscaban. Después, sin más, se iban, cerraban la puerta pero dejaban las cajas. Nosotros, sin tan siquiera tocarlas, regresábamos a la cama».

Otro de esos días acordaron hacer un largo paseo en góndola, tenían ese antojo; ver la ciudad no sólo desde el agua sino a ras de agua da una idea de cuán majestuosos son los palacios y las casas; incluso la más humilde caseta para barcas se agiganta. Embobados por las ráfagas de brisa y las salpicaduras que les daban en la cara, navegaron en silencio; todo les parecía recién creado. Él se quedó mirando el asiento, rojo y aterciopelado, de la góndola, y dijo: «A veces, cuando es de noche y tú duermes, pasan barcas muy despacio bajo la ventana, me llega el chapoteo del canal, que nunca cesa, y hago una tontería: me levanto y me siento a oscuras en el sofá del salón a la espera de esos hombres que, tal como ocurría en mi sueño, traen cajas en mitad de la noche. Ya sé que es una tontería esperar que un sueño se materialice, pero lo hago. ¿Tú crees que un sueño puede materializarse?». Ella no respondió, cerró los ojos para sentir mejor los tímidos rayos de sol golpear su rostro. Tras el paseo en góndola, consultaron el mapa y comprobaron que había un atajo para regresar a la casa, lo tomaron sin miramientos. Comenzaba a caer la tarde y él dijo morirse de frío. Al enfilar una de las primeras calles se percataron de que ahí ya habían estado días atrás: de lejos ven la camisa blanca de botones negros nacarados; continúa tirada en el mismo lugar. Ningún animal palpita ahora en su corazón. El hielo se ha derretido y la tela, endurecida como un esqueleto, yace directamente sobre la piedra. Ella va a decir algo acerca de una leoparda que en una montaña de África también espera a que el hielo que la cubre se derrita, pero no dice nada; mete la camisa en el bolso y se van. Llegan al portal del palacete, ascienden las escaleras, que más que nunca les parecen una garganta, y nada más atravesar la puerta de la planta principal ella se dirige al cuarto de baño, lava a mano la camisa, la tiende en la bañera. Al día siguiente se la viste. En lo que resta del viaje ya no se la quitará más que para volver a lavarla.

Otro de aquellos días se detuvieron en un restaurante, junto al puente de la Academia, con buenas vistas a un embarcadero. La carta decía que tenían la pizza con más queso de Venecia. Él pidió una copa de vino blanco. Ella un agua. Él cogió una porción de pizza con las manos, sus hilos de queso, largos y calientes, a ella le parecieron relámpagos. Le pregunta: «¿cómo se dice *relámpago* en latín?». «*Fulgur* —responde él cuando logra desprenderse de todo ese queso—, se dice *fulgur*, aunque etimológicamente viene del latín tardío, *relamptare*, que es "brillar".» Su dominio del latín es a tal punto erudito. Ella da un trago a su agua y oye un ruido, un fortísimo ruido que proviene del interior de su propio cuerpo. Como si éste fuera un tambor, durante breves segundos desde sus pies hasta sus oídos el estruendo ocupa su carne por completo. Mira entonces hacia las ventanas que dan al canal y, solo y sentado en una mesa, ve por segunda vez en Venecia al hombre que parece un embajador, quien con los ojos cerrados apura un último trago de una botella de agua mineral. En ese momento el cuerpo de ese hombre también completamente tiembla.

La escritora recuerda estar mirando souvenires y postales en una tienda, y comprar una en blanco y negro, en la que un paisaje de Venecia a vista de pájaro tiene un aire de cadena montañosa, con sus cumbres nevadas, sus ríos y sus bosques, y entonces él rompe el silencio para decir: «Los millones de troncos que, clavados en el fango, sostienen a la vez que hunden a esta ciudad, son mensajes de duelo. Como si, en el instante de su fundación, Venecia se hubiera enviado a sí misma millones de futuros mensajes de condolencias. Un tronco enterrado por cada habitante». Comenzaba a llover con fuerza cuando llegaron al puente que les conducía directamente a la puerta del palacete. En el punto más alto del arco, ella miró hacia atrás y tuvo la sensación de que se hundían en la tierra de tal modo que nunca nadie más volvería a verlos.

Otro de aquellos días, por la mañana, se acercaron a la plaza de San Marcos; sabían que seguía acordonada debido a la desconocida burbuja de ausencia de sonido, que afectaba severamente a los viandantes que osaban atravesarla, pero ellos sólo querían contemplarla nevada, totalmente vacía y sin una sola huella humana. La tarde la invirtieron, de nuevo, en intentar llegar a los jardines de la Bienal de Arte, prestigiosa muestra en la que numerosos países occidentalizados poseen su propio edificio expositivo, construido en algún momento del siglo pasado siguiendo patrióticos estilos y nacionalistas tópicos culturales. La escritora y su esposo sabían que, por no estar celebrándose ese año la Bienal, todos ellos se hallaban cerrados, pero les daba igual, les bastaba con disfrutar de la singularidad de todas esas construcciones vistas desde fuera. Situada en un bosque del extremo este de la ciudad, un tanto inhóspito tras la caída del sol, calcularon mal la distancia y no pudieron ni acercarse; en invierno ningún barco realiza esa ruta pasadas las siete de la tarde. A su regreso en casa, sentados en el sofá, él empleaba unos minutos en contemplar el latido azul del corazón de Alexa, aparato que aún no habían usado, cuando ella, sentada en la butaca y abstraída en la guía de viajes de la ciudad, levantó la cabeza para decir «¿te imaginas que en realidad el latín nunca haya existido?». «¿Cómo?», dijo él sin apartar la vista del parpadeo azul. «Sí, que el latín, ese idioma que tú tan bien conoces, sea una lengua imaginaria, una lengua hacia la que vamos, no de la que venimos, pacientemente diseñada para el día en el que todos la hablemos.»

Llegó entonces el día en el que él le confesó que había algo que le inquietaba, algo que no le había contado, y que le corroía por dentro, ocurrido la tarde que habían ido a la tienda de grabaciones de vinilos: «Mientras tú veías discos de la escena *no wave* americana, yo casi había terminado de repasar las cubetas de música clásica cuando sin darme cuenta, y entretenido en la carátula del disco de Chopin, no sé cómo me vi en la trastienda, donde un hombre, alto, atildado, pelo canoso, vestido con traje azul, me dijo que pasara, que no tuviera miedo, y me pregunta entonces si quiero grabar algo, pero no algo convencional sino una grabación verdaderamente única, y que en otra sala él tiene todo lo necesario para grabar tales discos especiales, así lo dijo, discos especiales. No supe qué decir y lo acompañé. Atravesamos un patio interior en el que había muchas plantas y aves en jaulas, me refiero a palomas, gaviotas y en general pájaros tan vulgares que me hizo pensar en el arca de Noé, y entramos en una caseta en la que se bajaban unas escaleras hasta una sala subterránea de color azul, muy bien iluminada y acogedora, que tenía muchos micrófonos colgando del techo. Una de sus paredes estaba ocupada en su totalidad por un cristal que daba a la sala de los controles, donde no había nadie. Y ese hombre me dice que me sitúe en el centro de la sala, bajo la nube de micrófonos, y él se pone a mi lado, y coge mi mano, me aprieta suavemente pero con determinación y me dice que diga algo, que diga algo ya, antes de que todos los sonidos de la Tierra sean borrados, que el tiempo se acaba, y yo me río, y él cierra los ojos y me aprieta la mano aún más fuerte y me repite "el tiempo se acaba, el tiempo se acaba", y yo me pongo nervioso y digo algo pero en realidad no sé ni qué digo porque a partir de ese momento no recuerdo nada, absolutamente nada hasta que me veo en la otra habitación, en la sala de controles ubicada al otro lado del cristal, y el hombre, que en ningún momento deja de tratarme con suma educación, sin soltar mi mano me señala algo que no sé qué es, un objeto que yace sobre una mesa, una esfera negra del tamaño de un balón de baloncesto, hecha de un material de aspecto muy duro, que destella bajo la luz artificial. Y me dice: "Puede tocarla, no tenga miedo", y suelto su mano y me acerco a la esfera, pero emite calor, mucho calor, un calor húmedo, como si dentro de ella una vida sudara, así que no la toco. "Es de vinilo —me dice—, una perfecta esfera de vinilo, recién salida del horno." En efecto, olía a un objeto recién hecho; si todas las cosas recién hechas, durante unos instantes, siempre huelen a algo que desconocemos, imagínate aquel extraño objeto. Y entonces él me dice: "ábrala", "¿cómo que la abra?", "sí, ábrala", y al ver que ni me acerco, él la toca y literalmente se desmonta en multitud de rodajas, que se apresura a recoger entre sus manos para mantenerlas unidas e inmediatamente devolver la esfera a su forma original. "Lo habrá usted adivinado —me dice—, es una esfera hecha de miles de discos de vinilo, como si empezando por el polo norte alguien cortara la Tierra en millones de rodajas hasta llegar al polo sur. Hay tantas rodajas de vinilo en esta esfera que ni siquiera nos molestamos en saber cuántas, cada una es un disco en el que los microsurcos de la cara A encajan perfectamente, como si fueran su negativo, con los de la cara B del disco siguiente, y así todos hasta completar una perfecta esfericidad de sonidos." Perplejo, la observé. Los discos, lógicamente, a medida que ibas hacia el ecuador tenían un diámetro más grande, y los del polo norte y el polo sur eran tan pequeños que pensé que sólo podrían albergar a lo sumo un sonido, un simple fonema o una sencilla nota de tecla de piano en caso de ser música lo que tuvieran grabado. Cuando juntabas todos los discos, las superficies de los microsurcos en efecto encajaban las unas en las otras como moldes de un perfecto cosmos, y sentías que en su interior había una fuerza, una verdadera e inexplicable tensión, "un infinito sonido tridimensional hay ahí empaquetado —dijo el hombre mientras yo, aún quieto y sin reaccionar, le miraba—, hay ahí todo un mundo, seguro que lo siente, ¿verdad que sí?, lo llamamos *disco esférico*, o, sencillamente, *La Esfera*; la riqueza sonora que contiene y la capacidad de almacenamiento es absoluta. Fíjese en la belleza del surco en espiral de cada disco, el modo en que irremediablemente la aguja tiene que avanzar hacia su centro, un avance como el de la espiral de los caracoles y la de las conchas de mar, como la de las escaleras de las casas en los sueños y la del interior de los oídos. Sólo la espiral tiene la virtud de, en cada giro, volver a un mismo sitio sin volver nunca a un mismo sitio". Trajo entonces una especie de microscopio, y acto seguido tomó al azar uno de los vinilos de la esfera, lo puso bajo la lente de aumento y con un movimiento de manos me invitó a mirar. No pude sino soltar una exclamación, su superficie parecía la cordillera del Himalaya observada desde el cielo, la visión revelaba un riquísimo paisaje de valles y crestas, y también de lo que parecían ríos, vegetación y colores, sobre todo colores, cosa que, sinceramente, me dejó tan perplejo que pensé que se trataba de una broma, un truco de magia con el que se divertía tomando el pelo a incautos clientes como yo. "Precioso, ¿no? —me dijo—, pues todo eso que ve ahí es su voz, todo lo que alberga esa esfera es lo que usted, cogido de mi mano, acaba de grabar en la cabina. No ha tardado más de cinco minutos en grabarlo y sin embargo no le bastaría toda una vida para escucharlo." Y de pronto sentí miedo, mucho miedo, y salí a toda prisa de aquel complejo subterráneo y me reuní contigo, que continuabas absorta en la sección de música *no wave*, no sin antes, a mi espalda, oír a aquel hombre decir "regrese cuando quiera a por la esfera, es suya, aquí se la guardamos". Naturalmente, no he regresado».

Hasta que un día oyeron en la calle más alboroto del normal, vecinos que hablaban entre balcones, marineros de góndolas y lanchas motoras parecían también comunicarse entre ellos a gritos. Prepararon café y mientras desayunaban repostería veneciana pusieron la televisión; un canal local decía que no únicamente la plaza de San Marcos continuaba acordonada, sino que el cerco de seguridad había sido ampliado unos cien metros en torno a ella al comprobar que la bolsa de total ausencia de sonidos que tomaba esa zona de la ciudad no sólo provocaba fuertes dolores de cabeza sino también ceguera, en ocasiones de un modo irreversible. Pero además, a la ausencia de sonidos y ceguera ahora venía a sumarse la ausencia de olores, algo tan inédito que podría decirse que ningún humano estaba preparado para experimentar esa carencia. Apagaron el televisor, extendieron el mapa sobre la mesa, diseñaron una ruta que sorteara lugares no acordonados, y que en el menor tiempo posible los dejara en el complejo de jardines y pabellones de los diferentes países de la Bienal de Arte de Venecia, único destino turístico importante que todavía no habían podido visitar. El trayecto trazado los obligaba a una rocambolesca combinación de góndolas, lanchas y trayectos a pie. Se ponen en camino, pasan de nuevo por la casa en cuya fachada se erige una estatua a la que faltan los dos ojos, él baja la vista y vuelve a pensar que no entiende tal clase de actos vandálicos. Tras media hora, al pasar por el Mercado de Abastos presencian un accidente. Una barca-taxi y una lancha fueraborda chocan sin aparente causa; una tercera embarcación, que viene detrás, colisiona instantes después contra las dos primeras; esta última estalla en llamas. Un enjambre de barcas y góndolas acuden de inmediato al socorro, incluso unos cuantos individuos extraen de sus bolsillos lo que parecen ser tarjetas de visita y se las brindan a los accidentados; él comenta que quizá se trate de abogados que, ya que pasaban por allí, ofrecen sus servicios a comisión. Entre el ruido del oleaje y los gritos del tumulto, oyen a alguien decir que los involucrados son ciegos, todos ciegos. Deciden regresar al palacete. Caminan en completo silencio. El sol se oculta tras una nube, la escritora se protege el cuello con el último botón negro nacarado de la camisa. Sólo horas después, mientras ella, sentada en la sala, observa las cúpulas de la basílica de San Marcos, él rompe el silencio para decir: «hay una manera de evitar un choque, y es muy simple: no sabes cómo te ves envuelto en un accidente automovilístico, y entonces giras a propósito el volante hacia donde en ese instante está ocurriendo la colisión, vas directamente hacia la colisión porque cuando llegues a ese punto los coches implicados ya no estarán allí, se habrán desplazado a otro lugar de la carretera. Y esto rige para todo, también para los enfrentamientos entre países o los conflictos de pareja». Ella se queda pensativa, y le dice: «pero con eso de que hay que ir hacia la colisión para salvarte, ¿estás tratando de decirme algo?». «Sí, trato de decirte que saltemos el cordón policial y nos introduzcamos en la plaza de San Marcos. Vayamos hacia el lugar donde todo está siendo borrado. Es la única forma de salvarnos.»

Pero no fueron, ni tan siquiera se acercaron a la plaza de San Marcos porque al día siguiente se cumplía la fecha que daba fin a las vacaciones.

Partían muy de mañana, así que tras la cena dejaron las maletas hechas y preparadas para sin contratiempos de última hora coger el primer vaporeto que los llevara al aeropuerto. La escritora se despertó al amanecer con unos gritos de él, venidos desde la sala. Apartó las sábanas y de un salto acudió a su encuentro; aún en pijama, el esposo señalaba con el dedo una colección de grandes cajas, amontonadas en el salón. «Iba a hacer el café cuando las he visto.» Paralizados, ninguno se atreve a decir nada más. Él se aproxima, ella le pide que no las toque, pero él se agacha, abre una; está vacía. Ella retrocede un paso y él avanza para abrir otra caja, también vacía, y otra y otra, y así hasta comprobar que todas están vacías. La escritora regresa al cuarto, se viste a toda prisa, ni se peina, consulta el reloj, arrastra las maletas hasta el salón, donde él, aún en pijama y en silencio, no deja de observar las cajas vacías. «Pero qué haces ahí plantado, vístete, vámonos ya.» Él parece no escuchar, hasta que sale de su letargo y dice: «Yo me quedo, yo me quedo, un sueño puede hacerse realidad, acabo de entenderlo, y este sueño está tratando de decirme algo, los hombres del sueño no vienen a traer nada sino todo lo contrario, vienen a pedir, y lo que me están pidiendo es que yo complete su sueño, que termine de materializarlo, que yo mismo llene sus cajas vacías, creo que incluso me están pidiendo que los ayude a convertirse en humanos de carne y hueso, que los traiga a la vida, veo claramente que en eso debo emplear mi tiempo, no sé cómo podré hacerlo, pero he de hacerlo, tarde lo que tarde en completarla, ésa es mi misión en Venecia, tú puedes irte a Montevideo, cuida allí de nuestra casa, yo aquí estaré, regresa cuando quieras».

SEGUNDA PARTE

El mejor sitio para esconder una cosa es el fuego. *(Amor fuego)*

Ella le dijo:

El viento ha unido las cuerdas del tendal del patio. El enredo ha creado un nudo; tiene la forma de tu sexo.

Él le dijo:

Lo he visto. También este valle que pisamos copia el fondo del mar que lo cubrió.

Otra forma de entender las cosas es decir que venimos de una oscuridad y vamos hacia otra oscuridad. Lo que hay en medio no es más que una breve llama, un fósforo que alguien enciende sin propósito ni porqué, aunque todas las vidas terminen por alcanzar el alma de una marca registrada. *(Amor fósforo)*

Él le dijo:

Es como si ahora el mundo fuera una piel a la que alguien le hubiera dado la vuelta y, tras nunca haber sido tocada por la luz, se mantuviese fresca y humeante, sanguinolenta incluso, expuesta a la vista de todos.

Ella le dijo:

Un lenguaje que tenemos que inventar donde no hay nada. El intangible negocio de la supervivencia.

Sólo te das cuenta de la infinitud de las pausas para la publicidad en televisión cuando, viendo una película *a la carta*, llegan las interrupciones de los anuncios y los pasas a cámara rápida, que de pronto te parece la cámara rápida más lenta del mundo; las imágenes de spots publicitarios que tiempo atrás disfrutaste las ves ahora muertas o moribundas. Cuando acontece la separación de una pareja, a cámara rápida cada cual recuerda lo vivido y ocurre exactamente lo contrario; aparece la, por así llamarla, publicidad de la vida compartida: tedios cotidianos, momentos que en su día se manifestaron como apéndices innecesarios o residuos condenados a la pérdida y que ahora, en la sucesión de imágenes que vuelven a tu cabeza, se revelan musculados como patas de saltamontes, hermosos como la imposible raíz de un rizoma, infinitos como el saldo de las tarjetas de crédito en los sueños, residuos todos en los que sientes que es ahí, precisamente ahí, donde podría haber existido una célula, por pequeña que fuera, de lo que llamamos *unión. (Amor publicidad)*

Ella le dijo:

Cada noche, mientras duermes, tus párpados son compuertas de un río que me impiden remontar tu cuerpo, entrar en ti. Entretanto, afuera, el valle espera la llegada del sol y me entretengo pensando en sus nieves perpetuas, en los pájaros sin nombre que en ese momento lo estarán surcando. A veces, en tal silencio mineral aparece un ruido que excava la oscuridad dejándola no sólo sin su silencio sino plenamente agujereada, hueca.

Él le dijo:

Hueca de miedos y de soledad, hueca de todo lo que le sobraba. El ruido es música que aún no entendemos.

El habla de los políticos y oradores de masas, y por lo tanto su capacidad de persuasión, nada tiene que ver con el contenido de sus discursos, sino con la música que, inherente, habita en sus palabras. Hitler es una sucesión de *fortississimos*, Churchill, una alternancia de *fortissimo/piano*. Fidel Castro oscila entre el *pianissimo* y el *mezzoforte* sin que pueda encontrarse una pauta en esa oscilación, JFK es un continuo *mezzopiano* interrumpido por algún *piano subito*, y todo así. Se dibuja, por lo tanto, esta única verdad: los dirigentes no se relacionan con el pueblo a través de la semántica de sus palabras, sino por mediación de la secreta partitura musical en la que esas palabras se hallan inscritas y moduladas. Así lo demuestran los tuits que altos mandatarios públicamente intercambian, donde no importa el discurso sino la intensidad, la entonación, el ritmo y su imaginada prosodia. Inversamente, esas otras cosas a las que comúnmente llamamos *canciones*, y que suenan en radios y reproductores de música, nada tienen que ver con la música, son palabras y notas que terminan metamorfoseadas en voces de líderes, en verdaderos textos de poder; la música utilizada en los mítines políticos, en las conductistas *raves* o en el hilo musical de los grandes almacenes son evidentes ejemplos de ello. Pero el amor de pareja —que como tal ha de venir modulado por una sintonía original y propia— aparece cuando no es posible concebir un aparato analógico, manual o electrónico que pueda grabar y registrar la música que salga de las bocas de los amantes. El amor es la pérdida de la voz propia sin posibilidad de reinventarse en una cosa llamada poder. *(Amor inregistrable)*

Él, mientras desayunaban, le dijo:

La luna ya está en el cielo.

Ella respondió:

Poner un pie en ella, humillarla hasta su dominación, no afectó a su ancestral instinto de suplantar al sol. Tampoco nuestra unión.

Hasta cierta edad, pongamos entre los cuarenta y cincuenta años, lo que llamamos *dolor* es producto de la impetuosa excitación, del arrojo y de cierta clase de pasión. Después ese dolor es sustituido por otro de muy distinto carácter, que viene de la degradación, la enfermedad y la soledad. No nos referimos a una soledad cósmica sino a una soledad política, porque con el cosmos siempre estás en relación inevitablemente buena —la muerte y sus procesos naturales dan fe de ese armónico pacto—, pero no así con los líderes de masas y las naciones, quienes a tu avanzada edad se revelan previsibles y sólo pueden generar en cualquier humano una sensación de abandono y, finalmente, un deseo de ruptura con todo lazo administrativo. Ese mismo recorrido junto al dolor, pero en sentido contrario —como si fuera su intención neutralizarlo—, es el que hace el amor. Así que al final la suma da cero. *(Amor neutralización)*

Él le dijo:

> Cuando entro y salgo del surco de tus nalgas, mi piel viene de otro mundo.

Ella le dijo:

> Amar nada tiene que ver con mirar al cielo y quedarse pasmado en las demandas de los dioses. Amar es bajar la mirada y con la punta de la lengua escribir en el orificio del deseo.

A veces, en lugares donde por cualquier motivo está prohibido hacer fotografías, no queda más remedio que levantar la vista y disparar al cielo. Dependiendo de la climatología, aparecerán rectángulos azules o gris plomo, o también un blanco de nubes o un negro nocturno; vacíos todos. Es un tema clásico intentar reconocer en los vacíos figuras ya vistas con anterioridad. Lo hace el médium con las caras de Bélmez, lo hace el radiólogo con las radiografías, lo hacen tanto el experto como el aficionado a la pintura cuando contemplan un óleo abstracto. El caso extremo se llama *apofenia*: «hallar patrones en un conjunto de datos aleatorios». Pero el mundo es ya un inmenso copyright, todo está protegido y judicializado, de modo que al ciudadano común no le queda más remedio que alzar la mirada y hacer fotos al cielo. Ocurre en los parques temáticos y también en los museos —cuyas únicas fotos permitidas son a sus techos—, y comienza a ocurrir en las calles de las ciudades. Llegará un día en el que de nuestras urbes sólo conservemos imágenes de sus cielos, y, como quien lee el pasado en las tripas de un bisonte recién abatido, tendremos que recordar la ciudad a través de la nube que la preside o el nombre del ave que la surca. El amor es precisamente eso, la apofenia definitiva, ruido interpretado, mancha que aparece desde la nada y a la que con auténtica certeza damos una forma entendible y a punto de desvanecerse en otra que no sólo todavía desconocemos sino que nunca llegaremos a conocer. *(Amor apofenia)*

Ella le dijo:

La noche del Gran Apagón las llamas huían de tu cuerpo no porque no seas de carne y hueso —que lo eres, doy fe de que lo eres—, sino porque vives en la orilla misma del tiempo.

Él le dijo:

Es un don ir por delante de los relojes de sol,
astro que a todos quema.

Es habitual que para procurarnos una mejor vida intentemos adivinar qué nos depara el futuro, al fin y al cabo se trata del sencillo principio de causa-efecto, que utilizamos cada día, y que puede enunciarse así: «conocer el pasado y el presente permite predecir qué nos ocurrirá mañana». Pero no menos cierto es que sin el riesgo que hay en las cosas presentes —en las cosas que ocurren ahora, en vivo y en directo—, no hay vibración que mueva nuestra vida ni nuestras potencias vitales, así que podemos probar esta otra fórmula, que no se pregunta por el futuro sino, precisamente, por el presente: «a fin de predecir el hoy, intentemos conocer el pasado y el futuro». Dicho de otro modo, imaginar un futuro para, en combinación con lo que sabemos del pasado, poder actuar aquí y ahora. O dicho de otro modo más claro: en vez de anticipar futuros que nunca llegan e hipotecan el presente, darnos cuenta de que el presente se halla no sólo en lo que hemos dejado atrás sino también en lo que tenemos por delante. La imagen vegetal es en este caso exacta: el árbol da su fruto ahora —fruto real, fruto que puedes morder y comer—, debido a que un día fue flor pero también a que algún día será una fruta incomestible, podrida. Es por ello y sólo por ello que podemos experimentar y tocar con nuestras manos lo único que de verdad nunca conocemos del todo, el aquí y el ahora. El amor —lo radicalmente vivo— es ese aquí y ahora, pero proyectado esféricamente, en todas direcciones. *(Amor presente)*

Ella le dijo:

Hoy me he adentrado hasta el inicio del valle. Muy rotas, quedan unas construcciones, milagrosamente visibles. De sus tejados emerge la maleza, que ha crecido en su interior.

Él le dijo:

Las he visto, y también un cartel que, no menos roto, decía: «Cuando nieva, aquí vienen los pájaros».

No existe amor que lleve dentro de sí la negación del amor. Cuando dices *amor*, quien te escucha no tiene que pensar nada en especial para recibir esa palabra con verdadera admiración. Del mismo modo que en las ciencias la energía siempre es de signo positivo (salvo trucos virtuales, no existe una energía negativa), el amor aparece en nuestra habla como una entidad positivamente superior, algo que sin ser cuestionado penetra en quien lo escucha como lo hacen los símbolos de las entidades divinas. Nunca una estampa de la Virgen, de la Coca-Cola, de la Agencia Tributaria o de Buda se nos presenta contrahecha o amorfa, ni con faltas de ortografía, ni con granos en su rostro o calva, y el motivo de esa supuesta belleza y perfección es simple: de tanto adorarlas hemos borrado toda vida real en ellas, las hemos convertido en objetos imaginarios, simbologías abstractas, recipientes vacíos. Seamos más específicos: no se adora lo que la Agencia Tributaria o Buda son, sino que se adora la propia imagen de la Agencia Tributaria y la propia imagen de Buda, ahora símbolos de los que todo rastro de fealdad ha sido expulsado, y quien los afee será inmediatamente apartado de su comunidad. No obstante, el amor cumple una monumental función: nos proporciona la idea de que no todo está perdido, insufla la esperanza de que en algún futuro remoto, y como en esos telefilmes que siempre acaban bien, la Historia redimirá todas nuestras pifias, por ejemplo esa que nos hace adorar a personas, animales y símbolos que ya nada son. Y tal es exactamente la ficción que minuto a minuto, y con verdadero tesón, inútilmente se afanan en construir las parejas para el día en que todo se termine: crear un amor más allá de la adoración de los símbolos que pacientemente entre los dos han ido inventando, y que, finalmente, también sólo por ellos dos serán sin piedad destruidos. *(Amor símbolo)*

Ella le dijo:

> Sé que te amo como nunca había amado porque en cada centímetro cuadrado de tu piel te encuentro por completo. Lamo esa minucia de ti y todo lo que eres se mete dentro de mí.

Él dijo:

> Nuestra pasión nada tiene que ver con este valle que ahora habitamos, ni con las estaciones solares que veloces corrían sobre nuestras cabezas, ni mucho menos con una fantasía de eternidad compartida; nuestra pasión tiene que ver con la máquina trabalenguas que lames cada noche.

Lo que media entre el nacimiento y la muerte de una persona no es lo vivido sino lo no vivido, lo que quedó sin vivir. Lo vivido ya está hecho y consumido, definitivamente perdido, o en el mejor de los casos es ya propiedad de otros. Pero no menos cierto es que todo eso que nos quedó por hacer estaba ya contenido en nuestro primer minuto de vida, y se trata de una ausencia que con la potencia de un Motor Primero ha estado acompañándonos en todo momento de nuestra vida para hacerla real, creíble, aunque nunca se haya manifestado. De ahí que el rostro de un muerto de pronto nos parezca una piedra, la cara de una persona que nunca hubiera existido: en ese instante no es lo vivido sino lo no vivido lo que emigra, lo que se va del cuerpo para siempre. El asunto es parecido a cuando despertamos de un sueño, y tras un instante en el que recordamos lo soñado como si lo hubiéramos vivido, lo olvidamos sin remedio y en nuestra cabeza queda un sabor neutro, un aire seco, una aspereza de máscara o piedra que durará —por lo menos— todo el día. *(Amor Motor Primero)*

Ella le dijo:

> A veces me dan ganas de abrir tu pecho, cubierto de ese pelo tan transparente que ni la visión puede detectarlo, y hundir mis manos en tu corazón. Encontrar la llave de este valle construido con nuestros cuerpos.

Él le dijo:

> Tu pecho es una piedra preciosa, su dureza no deja lugar a dudas.

Toda certeza llevada al límite de su certeza nos conduce a una duda total. Inversamente, toda duda llevada al límite de su duda nos conduce a una certeza absoluta. Así con el amor. *(Amor límite)*

Él le dijo:

¿Cuántos años hace que no vemos a nadie?

Ella le dijo:

Tú y yo completamos la forma de la multitud.

En la ciudad de Venecia hay una plaza con una fuente antigua. En su centro se alza el monumento a un prócer de la ciudad. La fuente tiene dos caños por los que se vierte agua a un estanque. Cada uno de esos caños es una pequeña escultura que, con forma de perro, expulsa agua por su boca. Animales que no beben agua sino que la arrojan, la vomitan, por así decirlo. La idea de la existencia de una fauna que realiza con sus cuerpos funciones opuestas a lo que se espera de ellos es antigua; el sueño de criaturas que hacen las cosas al revés. Por ejemplo esos dibujos de entes mitad bestias y mitad humanos que abundan en todas las mitologías, antiguas y contemporáneas. La domesticación del animal, siempre imperfecta e impostada —hasta alcanzar hoy su extremo en la mascota—, responde al mecanismo del animal que ha de comportarse de un modo exactamente opuesto a su naturaleza. Hay en el amor algo que recuerda a aquellos dos perros que en una fuente de Venecia llevan siglos inventando una naturaleza al revés. *(Amor animal que hace cosas al revés)*

Él le dijo:

La primera frase que aprendí en latín fue *columbae aquam potant*. Cuando las palomas aún eran aves con nombre y bebían agua. De esa frase hoy sólo queda el agua.

Ella le dijo:

Ninguna biblioteca replica el mundo real, y ni mucho menos este otro desconocido.

La reunión de la madera y el silencio expulsa al silencio y da lugar a más madera: utensilios, máquinas, combustibles, celulosa, que con su propio ruido recorrerán el mundo. Pero, sobre todo, la madera y el silencio remontan el tiempo hasta nuestro origen: materias primas de la rueda y del fuego, cosas que —éstas sí— cada vez que son usadas fundan el ruido de un amor nuevo, un acorde nunca antes oído. *(Amor ruido)*

Él le dijo:

La primera frase que aprendí en latín fue *Omnes non moriuntur*, no todos mueren.

Ella le dijo:

Si tú no mueres, yo tampoco.

Las películas que ves en los aviones no las olvidas, pero tampoco las recuerdas del todo como a ras de tierra, sencillamente las mezclas en una sola película. Esto puede ser debido a la falta de oxígeno que se experimenta a diez mil kilómetros de altura combinada con la nunca exacta presurización de la cabina, antinatural combinación que provoca alteraciones en tu percepción de las imágenes. O puede apelarse a la mitología y decir que también Ícaro, en su ascensión a la perenne llama del sol, confundió en una sola imagen el amor real y el ficticio, y que después, entretenido en descubrir cuál era cuál, como cera se fundió. Pero también es posible decir que en todos los retrasos de todos los aviones que ahora mismo surcan el cielo se halla la Historia alternativa de la humanidad. *(Amor retraso)*

Ella le dijo:

A veces, sin pensar en nada en particular, me adentro en el valle siguiendo el océano de estrellas sobre mi cabeza, y entonces recorro otro valle. Vienen a mi paso otras plantas, inéditos minerales, criaturas nunca tocadas por unas manos. O los eucaliptos, velocísimos árboles que, sin par, como nosotros crecen a razón de un metro al año.

Él le dijo:

También el amor aparece cuando distraídamente y sin pudor pisamos otra alma y no se queja.

La enfermedad también forma parte de la salud. Una persona sana no es otra cosa que el permanente e inestable equilibrio entre la tendencia a estar sano y enfermo. Esto es tanto como decir que la muerte forma parte de la vida, y que lo contrario a la vida no es la muerte, sino la nada. O aún más: en nuestra carne tenemos dos cuerpos conviviendo, el vivo y el muerto. Proceso que jamás se detiene. *(Amor enfermedad)*

Él le dijo:

La noche hace trucos conmigo: los árboles crecen y se hunden, la nieve perpetua tiembla como agua líquida, la oscuridad es un animal desconocido, tan desconocido como aquel

pájaro sin nombre que el día del Gran Apagón
se posó en el alféizar de nuestra ventana.
Ella le dijo:
Es mi cuerpo, no el mundo, quien hace trucos.

Si la metáfora es, por definición, el objeto que contiene dentro infinidad de otros objetos, el dinero es la metáfora perfecta; el dinero es el objeto más poético que existe. En un billete de 20 euros hay, en potencia, todas y cada una de las cosas del Universo cuyo valor esté comprendido entre 1 y 20 euros. Mejor dicho, entre 0,1 euros y 20 euros. Mejor dicho, entre 0,01 euros y 20 euros. Mejor dicho, entre 0,0001 euros y 20 euros. La regresión hasta llegar a 0 euros es infinita en un sentido estricto; de hecho, nunca se alcanza ese valor de cero euros porque lo que posee un precio cero no puede ser comprado, cae fuera del campo de acción de la metáfora-dinero. Todas las tradiciones humanistas afirman que hay cosas, como por ejemplo el amor, el Universo, una vida humana o una especie animal en extinción, para las que no rige el dinero, cosas que no podrán ser compradas, pero no porque tengan valor cero sino por todo lo contrario, su valor es infinito, bienes tan valiosos que no se les puede poner precio. Pero también es cierto que no hay nada que impida afirmar que una vida humana, el Universo, una especie animal en extinción o el amor carecen de precio por el motivo contrario: son aquel cero que el dinero jamás podrá alcanzar ni, por lo tanto, comprar. Estas dos posturas, la que va «hacia arriba» —hacia el precio infinito de las cosas importantes—, y la que va «hacia abajo» —hacia el precio cero de esas mismas cosas importantes—, separan la historia del pensamiento, la economía, las religiones, las artes, las ciencias —y en definitiva a la humanidad— en dos polos irreconciliables. Caben entonces las preguntas: ¿qué clase de amor es aquel que vendría producido por tener un precio cero?, ¿es ése el mismo amor que el producido por un precio infinito?, ¿generan esos dos amores similares experiencias y visiones de un ser amado?, o, por el contrario, ¿el amor derivado del tener un precio cero crea una imagen totalmente distinta del amante?, y de ser así, ¿cómo es ese nuevo ser amado cuando le ves moverse, cuando le miras a los ojos, cuando le ves comer, orinar, reírse o besar, cuando es penetrado o cuando penetra?, ¿produce esa nueva clase de ser amado la sensación de levitación que experimentamos cuando estamos enamorados?, ¿o acaso ves en él una oscuridad nunca antes vista, el grado cero de la negritud, algo único que, por tan extremadamente singular, no puede sino ser amado hasta su final? ¿Es, en suma, ese nuevo amor al que hemos llegado tras alcanzar su precio cero un ser inédito, un monstruo nunca visto ni imaginado, una criatura que de poder ser observada nos moriríamos *ipso facto* de susto y placer, de horror y éxtasis, de perfecto odio y perfecta unión? No lo sabemos, no sabemos cómo sería la contemplación de ese amor derivado de un precio cero, de esa aberración de la lógica estándar, pero especulamos que sería algo muy parecido a lo que a fecha de hoy piensan acerca de nosotros los muertos, las rocas, las plantas y los animales. Toda una clase de relación amorosa a la que aún no hemos dado forma. El amor de lo pura y absolutamente desconocido para nosotros los humanos. El amor de lo radicalmente *otro*. *(Amor cero)*

Él, con sus dedos desnudos dentro de la cavidad desnuda, le dijo:

Tu cuerpo es un río.

Ella, en una postura tan común que llamaba a la felicidad tomada por eterna, susurró:

Este río tiene su fuente en ti.

No sabemos qué ocurriría si en una ciudad o en un bosque barajáramos las sombras de cada árbol, de cada brizna de hierba, de los viandantes y de los edificios, de tal modo que en ese instante no todas las sombras apuntaran a un mismo punto cardinal. No sabemos qué paisaje quedaría entonces, ni cómo podríamos soportar tal ruleta de oscuridades en nuestra cabeza. Cuando en el amor entre dos personas aparece alguna clase de duda, el paisaje sentimental que se instala es algo parecido a esa ruleta de sombras. *(Amor no cardinal)*

Él le dijo:

> Días después del Gran Apagón encontramos en cada esquina a aquellos hombres, mujeres y niños. Y a pesar de yacer sin vida, todos ellos seguían siendo personas distintas entre sí, tan distintas como cuando estaban vivas.

Ella le dijo:

> Un muerto es un ecosistema marcado por una pregunta sin respuesta: ¿cuál fue su último sueño? Cualquier muerto es distinto a otro muerto no porque en vida hayan sido personas diferentes, sino porque al fallecer cada uno conserva dentro de sí su último sueño, sueño que sigue su marcha y crece sin descanso dentro del cuerpo muerto.

En contra de lo que comúnmente se cree, la profesión de actor no consiste en interpretar diferentes personajes, sino en morir en el escenario. Actuar es el arte de morir sucesivamente. En *First Folio* así lo dice Shakespeare: «*The actor's art is to die and live, and play another part*». Y un caso particular de actuación escénica lo constituye el amor; los actores y actrices se enamoran en la pantalla cuantas veces sea necesario. Ahora bien, en la vida fuera del teatro y de las pantallas es bien sabido que el acto de amar está relacionado con la muerte por una sencilla razón: la intención del amor siempre es fundirse, disolverse —al fin y al cabo morir— en un cuerpo que no es el tuyo. En efecto, el que ama desea morir dentro de la persona amada, aunque tal deseo nunca se cumpla y tras amar resucitemos cuantas veces nos haga falta para intentarlo de nuevo. Esta repetición del amor en nuestras vidas a su modo también es un trabajo, aunque no esté económicamente remunerado. Diremos más, ése y no otro es el trabajo propiamente humano, lo que iguala al amor de carne y hueso con el amor fingido en las pantallas, en las novelas, en los poemas o en todas las historias que desde que somos niños nos vienen contando. *(Amor trabajo)*

Él, en uno de los largos paseos discurridos por la ladera de la montaña aledaña a la casa, tan largos que podrían calificarse de expediciones, le dijo señalando una piedra:

> Si ahora tropezaras con ese bloque de granito que tenemos delante y te cayeras, de qué lado preferirías dar con tu cuerpo en el suelo.

Ella, sin apartar la vista de sus pies, respondió algo que él creyó no entender completamente:

> Preferiría caer del lado izquierdo, el mismo lado en que lo hizo Juana de Arco cuando, abrasada, batió en tierra.

Si se examinan los herbarios de Tadeo Haenke conservados en diversos museos de Europa, pero sobre todo los de los registros de su jardín en la hacienda de Cochabamba, las flores y las plantas se hallan pegadas a un papel de estraza con una primitiva cinta adhesiva, inventada por él mismo. También encontramos muchas frutas con forma de pera o mango —hoy fragmentadas por efecto de la deshidratación—, que para que no se deshicieran Haenke ató con cuerdas, como un paquete o un envío postal que hubiera tardado cinco siglos en llegar a nuestras manos. Cinta adhesiva y cuerda, moribundas aunque eternas herramientas que nos unen a aquella clorofila. *(Amor cuerda)*

Él le dijo:

¿Cómo puede ser un bosque sin humanos? El bosque es un invento humano, no puede haber un bosque prehumano.

Ella respondió:

Cuando el sonido del bosque y el de la ciudad se igualan en timbre, tono y volumen, justo en ese preciso instante, tu cuerpo y el mío también son la misma nota.

Podrías hacer un retrato, escrito o dibujado, de todo cuanto ves en la calle o en tu casa, un retrato de la mesa en la que comes y del techo que cada noche observas al acostarte, y de la taza en la que bebes y del semáforo en el que te detienes, y del grifo del lavabo y de ese enchufe que dormita junto al tocadiscos, podrías incluso introducirte dentro de cada uno de esos objetos, por ejemplo en el citado enchufe, y ahí dentro ver por primera vez y en primer plano el avance de la espiral de un tornillo, y el color de un plástico interno, y las conexiones de los cables, y seguir el curso de esos cables también podrías hasta emerger en una estación de alta tensión ubicada en la otra parte del mundo, sí, eso y mucho más podrías explorar y documentar y siempre llegarías a la misma conclusión: todos los objetos tienen, impresas o dibujadas, las letras del nombre del fabricante, nombre de algo que esos objetos no son. Vives en el interior de las marcas comerciales, en la gestación de sus mitologías y leyendas. Eres el feto de las grandes corporaciones. *Corporación* viene de *cuerpo*, el tuyo. *(Amor corporación)*

Ella le dijo:

Vivo a la sombra de tu cuerpo, blando como una llama.

Él le dijo:

No es cierto que seamos iluminados por las estrellas. Somos la luz que nace dentro de ellas, nuestra potencia cabe en sus esferas. Suficiente para, cada noche, romper en mil fragmentos el miedo del otro.

En el caso de que existiera un Juicio Final, éste sólo podría ser arbitrado por lo único realmente final que conocemos, el amor. El amor sería el testigo, el fiscal, el abogado defensor, el acusado y el juez. Observada con detenimiento, en toda ruptura amorosa tal es el teatro —la comedia de juicio— que los amantes representan. *(Amor Juicio Final)*

Él le dijo:

En la primera época de nuestra vida en esta casa —de lo cual hace muchos años, pues a mi entender hemos atravesado muchas épocas entre estas cuatro paredes—, cuando te ibas a la montaña a por comida, o a hacer de vientre entre esas dos rocas que incluso mejor que mis manos acogen la curvatura de tus nalgas, o cuando simplemente ibas a observar la nieve perpetua de la montaña, antes de salir siempre te mirabas un instante en el espejo de la entrada. Después tu rostro permanecía allí plano y quieto para, sin degradación ni pérdida de detalle, yo poder mirarlo hasta que caía la tarde.

Ella le dijo:

Desde el Gran Apagón los espejos tienen memoria. Última y desesperada reserva de luz.

Cada cuerpo abre un agujero en el aire. Cualquier cuerpo es un hueco florecido en el aire. En las catas de los terrenos, los geólogos extraen largos cilindros de tierra, barro, hielo y piedras, que ordenados por estratos indican la edad terrestre del agujero. En nosotros —que al fin y al cabo somos un cilindro de carne, grasa y agua— también hay capas y estratos de todas las épocas, pero mezclados y barajados en una compleja red que no llegamos a entender. Parece ser que el nodo principal de esa red corporal es el amor. Y resulta lógico. Si así no fuera, haría ya varios eones que como un trozo de hielo al sol nos habríamos deshecho, extinguidos en capas de abandono y pena. *(Amor nodo principal)*

Ella dijo:

A veces pienso que con tan intensamente amarnos, con esta inacabable ansia de entrar y salir de todas nuestras cavidades, lo que estamos haciendo es adiestrar nuestras almas.

Él dijo:

Para el día en que regrese la luz.

Matar puede ser considerado un crimen o una heroicidad. Matas a una persona en la vida civil, y lo pagas con la cárcel; matas a esa misma persona en una guerra, y una condecoración te espera. Matar parece entonces no ser nada en sí mismo, se trata de un acto que dependiendo *de dónde venga* será calificado de imperdonable o digno de aplauso. La muerte a manos de otros es, pues, algo direccional, un verdadero vector: no sólo tiene una intensidad, sino también una dirección y un sentido. Esta aparente paradoja se da en muchos otros ámbitos. Una tecla negra de un piano emite siempre el mismo sonido, pero cualquier persona con conocimientos de solfeo sabe que esa tecla puede ser una nota diferente —bemol o sostenido— según cuál sea la tecla inmediatamente anterior pulsada: dependiendo *de dónde venga* la melodía, tendremos una nota musical diferente —por ejemplo, do sostenido o re bemol—, a pesar de estar escuchando la misma tecla. O el caso de matarse a uno mismo: en el circuito de carreras de Fórmula 1 te eleva de inmediato a héroe; si es fumando, la muerte te rebaja a residuo social. Y todo esto nos está hablando del concepto de escenificación. Es el escenario —el entorno en el que se desarrolla una acción— lo que le da un sentido determinado a la acción y la modifica para siempre. Por algo en las guerras, donde es lícito matar, se habla de *teatro de operaciones*, pero no así en el terrorismo ni en las muertes en tiempo de paz. Esto indica que la guerra y el teatro, incluso siendo actividades diametralmente diferentes, son estructuralmente idénticas. En el amor y en el odio opera el mismo principio: lo que los hace distinguibles es el contexto, el lugar del cual proceden. De ahí que a veces se hable de esa cosa tan imposible a la que dan en llamar amor-odio. *(Amor direccional)*

Ella le dijo:

Cuando llegas por primera vez a un lugar, trae mala suerte que la primera escritura que vean tus ojos sea algo escrito por otros. Nada más llegar a este valle, vi tu nombre escrito en la tierra. Yo misma lo dibujé con un palo.

Él le dijo:

Y ahí sigue. No hay desgracia ni dicha que pueda con tu caligrafía.

En la película *An Unmarried Woman*, una mujer que cena con sus amigas suspira y dice: «echo de menos los orgasmos rápidos a la antigua». En la ruptura de pareja tal es el teatro —la simulación de Juicio Final— que se representa. *(Amor orgasmo rápido a la antigua)*

Él le dijo:

En esta casa los atardeceres no languidecen como peces fuera del agua. Por el contrario, nos iluminan más y más a medida que la luz se desvanece.

Ella dijo:

Somos la plata y el rubí que brilla en los ojos de las luciérnagas.

Eso por no hablar del tema clásico del pintor y su modelo. En la escala de la historia planetaria y de sus transformaciones —escala sujeta a un tiempo tan grande que lo llamamos *tiempo profundo*—, los fósiles estudiados por la paleobotánica demuestran que las plantas sobreviven a toda clase de catástrofes y extinciones de los animales; la supervivencia de las plantas es tan vasta que desde el tiempo de nuestra pequeña escala humana no podemos comprenderla. De ahí que esa habitual preocupación por cómo el humano altera la evolución de la vegetación de la Tierra no sea más que una rústica y equivocada proyección de otro fenómeno totalmente distinto, que sí podemos ver porque pertenece a nuestra escala temporal y directamente nos afecta: el modo en que la diversidad de culturas humanas va viéndose extinguida por el globalizador efecto del comercio mundial y la publicidad pactada, extinción que —ahora sí— se halla sujeta a un tiempo corto, el tiempo humano, tiempo infinitesimal si lo comparamos con aquel otro vegetal. Pintamos un inútil tiempo profundo copiando un modelo de tiempo tan sólo aplicable al amor que nos profesamos los unos a los otros. *(Amor antropoceno)*

Él le dijo:

La ciudad expulsa a sus muertos. Como un mal llegado con el agua de una inundación, los hace desembocar en campos más allá de la última casa para depositarlos en un lugar que ni siquiera puede considerarse extrarradio.

Ella dijo:

Nosotros somos ese lugar, y no estamos muertos.

Se persigue el cuestionamiento del amor como se persigue el cuestionamiento de los logotipos de las empresas, las danzas folclóricas, la quema de libros o la destrucción de estampas de Nuestra Señora de Fátima. El motivo no es otro que con tales destrucciones se llegaría a exhibir lo que hay detrás de todo ello: nada, o al menos nada de lo que se suponía. *(Amor logotipo)*

Él le dijo:

Esta noche me pareció oír unos pasos, venían del sendero del valle, luego se acercaban, merodeaban la casa.

Ella le dijo:

No te inquietes, era yo, era mi cuerpo-depredador, que se manifestaba. A tu lado continuaba mi cuerpo-amor, que por ti velaba.

En cuanto a amores con no humanos, el momento clave, el instante en el que se da el salto sin retorno, es la creación de relaciones sentimentales con objetos que siempre estarán separados de nosotros: las máquinas y los animales, intentos ambos de crear amores desde lugares a los que no tenemos acceso: desde lo muerto —la computadora—, y desde lo vivo no humano —el animal ascendido a mascota—. Si analizamos cada uno de estos dos casos, el primero, al que retóricamente llamamos *Inteligencia Artificial*, es nuestro sueño de armar un amor a partir de piezas inertes, dar vida a la suma y ensamblaje de objetos no orgánicos; el segundo es el sueño de, a partir de simple carne animal generar un ser semejante a nosotros, un humano con forma casi siempre de perro o gato. La llave que desvela tales imposibilidades es darse cuenta de que las computadoras y las mascotas nos oyen, sí, pero no nos escuchan. No obstante, hay una alternativa a tales amores imposibles, se trata de replantear totalmente la pulsión amorosa y crear un amor de lo realmente abordable, llamémosle un *amor de lo suficiente*. Consistiría en, sencillamente, aceptar y satisfacerse en las cosas tal y como son, *satisfacerse* en el sentido etimológico de la palabra. *Satis* (suficiente), *facere* (hacer). *(Amor suficiente)*

Él le dijo:

Cuando cojo lápiz y papel no consigo dibujar una mano mía que no sea también la tuya.

Ella respondió:

También este valle imita el fondo del mar que lo cubrió.

El número de días límite sin ingerir líquidos antes de morir por deshidratación es el mismo que el número de días límite sin dormir antes de irreversiblemente perder el juicio, tres. Cualquiera diría entonces que el sueño y el agua comparten un mismo símbolo: el flujo de corrientes. Y sería cierto si no fuera porque el agua cae llevada por la aceleración gravitatoria, y el sueño, insusceptible a tal potencia de arrastre, se eleva, no deja de elevarse hasta que aparece una segunda y aún más importante diferencia entre ambos: el sueño nunca se detiene, no hay mar que lo frene ni lago al cual desemboque. Allí donde el agua busca caer, ser más agua y unirse a sus semejantes, el sueño busca subir para ser él mismo y sólo él mismo. Todo ello no impide que multitud de imágenes de agua y de sueño proliferen cuando los amantes se juntan en torno a un contrato de divorcio y conversan sobre las diferencias entre lo que les gustaría que ese nuevo animal llamado separación fuera y lo que realmente es: la continuidad del amor por la vía del conflicto. *(Amor divorcio)*

Ella le dijo:

Nuestra cópula es un animal de dirección única.

Él respondió:

De la mano, a oscuras por las calles, tras el Gran Apagón hemos buscado la ruta de un sexo que ya casi no existe, el sísmico.

VENECIA (2)

La escritora teclea, lo hemos dicho, teclea nerviosamente, hace días que apenas duerme, la bola de cristal se agita en su mesa y entonces nieva sobre la miniatura de la ciudad cuyos canales Lord Byron se jactó de haber atravesado a nado en invierno, la ciudad que vio nacer al carnicero que siglos más tarde inspiraría a Charles Manson, la misma que vio escapar de sus cárceles a Giacomo Casanova y ahogó en sus aguas a Richard Wagner, la ciudad en la que se firmó el primer cheque bancario y que inventó el capitalismo, la ciudad en la que Goethe recogió cientos de conchas en la playa de Lido, la ciudad que en una biblioteca llamada Marciana esconde frases inéditas de Petrarca, la ciudad de la que se enamoró Freya Stark, la más grande exploradora de Oriente, y la que llegó a detestar Galileo Galilei, y la escritora teclea mientras en ese laberinto de turistas y agua y piedra el bochorno del inicio del verano trae una tormenta, y ella cuenta las palabras tecleadas entre el rayo y el trueno, cada vez son menos y tratan del único tema que a ella le interesa, el amor. Detiene la escritura y piensa en su esposo, que duerme en la habitación de al lado; yace tumbado junto a una gran esfera de vinilo que, como si de un tótem se tratara, sobre un improvisado pedestal él mismo ha colocado en la mesilla de noche.

Recuerda el viaje que, pocos días atrás, desde Montevideo la ha traído a Venecia. Recuerda haberse quedado dormida en su asiento en tanto observaba la curvatura de la punta del ala del avión. Sin luz en la cabina, las pequeñas bombillas de emergencia le habían parecido llamas de un templo cuando la despertó un movimiento en el asiento de al lado, antes vacío, seguido de un ruido no proveniente de la aeronave, un ruido como cuando por la noche te despiertas y no puedes dormir y te detienes a oír la respiración de quien duerme a tu lado, y recuerda haber abierto completamente los ojos y, a su derecha, en silencio y con la vista fijada en un punto del respaldo de delante, ver sentado al hombre que se parecía a un embajador que a su vez se parecía a un berebere que, escindido en dos, muchos años atrás había desaparecido en la cordillera del Atlas. La escritora mira entonces de reojo los asientos de cola; vacíos. Inesperadamente, el hombre le pregunta «¿viaja sola?». Sorprendida, duda antes de responder: «Sí, mi esposo me espera en Venecia —hace una pausa, duda de nuevo—, en invierno estuvimos juntos allí, de vacaciones, quince días, yo tuve que regresar a Montevideo por ocupaciones familiares y de trabajo; ahora nos reunimos de nuevo». «¿Pero su esposo no trabaja?» Ella vuelve a guardar silencio, más prolongado, responde: «Sí, claro que trabaja, es profesor, latinista, tiene un año sabático para terminar un diccionario de latín antiguo». «¿Pero el latín no es todo él antiguo?» «Bueno, hay diferentes periodos», y la escritora entiende que tales confesiones le dan derecho a contrapreguntar: «y usted, ¿también viaja solo?». «Yo nunca viajo solo, muchos van conmigo», dice él sin dejar de mirar al frente; la escritora, bajo su camisa blanca de botones negros nacarados, siente latir el corazón con más fuerza cuando el hombre añade «por algo soy el embajador —y acto seguido aprieta el botón de llamada de la tripulación y continúa diciendo—: le inquieta a usted esa doblez en la punta del ala, ¿verdad?, desde mi asiento, en el despegue, la he visto mirarla, no se preocupe, es para que el avión se sostenga y no nos vayamos al suelo, cosas que sólo entienden los ingenieros aeronáuticos, sueñan con construir aviones perfectos, perfectos como pájaros, pero no pueden, los pájaros siempre saben dónde ir, incluso cuando nieva saben dónde ir, al contrario que la mayoría de nosotros, que todo el tiempo andamos sin rumbo de un lado a otro del planeta, ¿quiere tomar algo?, la invito, voy a pedir —la escritora dice no con la cabeza—, como quiera, pero si cambia de opinión sólo tiene que decírmelo, y si quiere algo de comer, también, yo quizá luego me anime, aunque la comida de avión es tan mala». «Sí, lo sé —interrumpe ella—, la comida es una de mis pasiones, me gusta probar todas las comidas allí donde voy, incluso las de los aviones.» «Eso la honra, lo considero un signo de inteligencia por su parte, la comida de un lugar o la comida que una empresa da a sus trabajadores habla tanto o más que el mayor de sus monumentos públicos y que el más completo extracto anual de sus cuentas.» «Ya —dice ella—, pero en los últimos tiempos, cuando me pongo a cocinar las manos se me hacen un nudo y nada de lo aprendido me sale.» «Si practica, todo lo que alguna vez aprendió regresará, ya verá, se lo garantizo, por cierto, discúlpeme por sentarme a su lado, pero me sentía muy mal, necesitaba compañía y no he visto a nadie más en esta zona de cola, he vomitado en mi asiento y he dejado el suelo perdido, años viajando alrededor del mundo y mi estómago no se acostumbra ni a las variadas comidas de los países ni a las turbulencias de los aviones —vuelve a pulsar el botón de llamada—, ¿es que no viene nadie de la tripulación?, necesito echar un trago, aclarar la garganta —llega una azafata—, señorita, por favor, tráigame un agua mineral, el agua mineral más pura que tengan —la escritora siente quedarse sin respiración cuando el hombre añade—: sería ideal si fuera agua del monte Toubkal —la azafata suelta un "¿cómo dice?"—, nada, nada, da igual, traiga la mejor agua que tengan, por favor, y que sean varias botellas, cuatro o cinco —la azafata se aleja y él continúa—: me gusta el agua de la cima del monte Toubkal, su cristalinidad no tiene rival, salvo en una tratoría que conozco en Venecia, en la que además dan las pizzas con más queso de la ciudad, es imposible encontrarla en ningún bar o restaurante del mundo, si quieres disfrutarla has de ir a la propia montaña del Toubkal, pero le decía que me he sentado aquí, a su lado, porque antes, al inicio del vuelo, usted giró la cabeza hacia atrás, nuestros ojos se cruzaron y, la verdad, su mirada me dio confianza, hay algo fiable en sus ojos, algo estable, algo fósil en el mejor de los sentidos, y es que por mis viajes alrededor del mundo he podido comprobar que todas las personas, y también los animales y los objetos, tienen lo que yo llamo una dimensión fósil, me refiero a una cualidad mineral que todas las cosas del mundo esconden muy adentro y que cuando menos te lo esperas va y se manifiesta. ¿No ha cortado usted nunca una col por la mitad, entera, de un solo tajo?, ¿no ha visto sus miles de hojas, comprimidas como piedras, que encajan las unas con las otras en sinuosas formas como un paisaje nunca visto?, ¿y no le ha parecido entonces esa col una col muy antigua, una col prehistórica, un fósil de col?, es como si en ese instante la materia se visualizara a sí misma y fuera ya preparando su aspecto para el momento en el que la encontrarán los futuros humanos, pues con las personas ocurre algo muy parecido, todos tenemos una profunda y remota dimensión fósil que un día se manifiesta sin más, esto lo sé a ciencia cierta, lo sé porque lo he vivido, yo no hablo de teorías, todo es pura experiencia, verá, hace ya algunos años, en mi juventud, me rompí el fémur de la pierna izquierda, los detalles ahora no importan, pero, por resumir, me caí de una lancha al paso por el puente Rialto, en el Gran Canal, no muy lejos de mi casa, y es que no se lo he dicho, disculpe, pero tengo mi residencia principal en Venecia, aunque por culpa del trabajo sólo regreso muy de vez en cuando, y el caso es que me caí de una lancha y me di contra una de esas antiguas escaleras de piedra que hay en los canales, las que se usan para acceder a los barcos, sus peldaños se sumergen en el agua, agua que tal y como está hoy de sucia no permite ver cuán profundos son, pero hubo otra época en la que las aguas eran más limpias y se apreciaba todo mejor, los peldaños de piedra llegan incluso hasta unas trampillas que hay en el fondo del Gran Canal, trampillas que parecen gigantes tapas de alcantarilla, tremendas losas de roca que, alegando que si se abrieran toda el agua de los canales se iría por ellas como si de un desagüe se tratara, todavía nadie ha osado tocar, no está claro qué hay debajo de tales losas, para mí que no hay nada, fango y restos del bosque que hace miles de años crecía ahí abajo, pero eso ahora da lo mismo, el caso es que me caí de la lancha, me di contra una de esas escaleras de piedra y la convalecencia por la rotura de la operación quirúrgica resultó más larga y tediosa de lo esperado, sobre todo porque la cabeza del fémur se vio afectada por una repentina y desconocida infección que me obligó a pasar por el quirófano una segunda vez, no tengo demasiada idea de qué me hicieron entonces porque, aunque era joven, ya andaba de un lado a otro del mundo, de continente en continente, y sólo pensaba en mi siguiente misión diplomática, los médicos me decían cosas que yo premeditadamente traducía a un idioma incomprensible para mí, pero lo que sí sé es que con una resina atiborrada de antibiótico me cubrieron la cabeza de fémur infectada, y me dijeron que en pocas semanas el hueso reabsorbería el emplasto, cosa que no ocurrió, la infección se reprodujo, tuvieron que operarme muchas más veces y aún hoy nadie sabe de qué infección se trataba, un misterio, cada noche de un modo u otro mi cuerpo se resiente de todos los trozos de hueso que me quitaron y de la química que me introdujeron, y entonces ocurrió que poco tiempo después de toda esa cadena de operaciones, cuando ya más o menos podía caminar sin ayuda de las muletas, en una visita a mi abuela, que todavía vivía en nuestra casa familiar, estábamos mirando fotos antiguas y veo que en una de ellas aparezco yo en la pila bautismal, ni más ni menos que en la pila bautismal de la basílica de San Marcos, sostenido por mi madre, que en paz descanse, y donde un chorro de agua cae sobre mi cráneo de bebé, y entonces mi abuela deja el álbum de fotografías a un lado y me cuenta una historia, una historia que yo nunca había oído y que tiene que ver conmigo y con esa fotografía: ocurrió que a los pocos días de mi bautismo la policía había irrumpido en la basílica debido a unas sospechas recaídas sobre el agua bendita que, según una denuncia, provocaba infecciones cuyos síntomas eran sarpullidos en el cuero cabelludo de los bebés, hinchazón de ojos y pérdida de visión, mi abuela me cuenta entonces que el policía le dijo que el equipo al cargo de la investigación había estado toda la mañana recogiendo muestras de esas aguas bendecidas, raspando con bastoncillos de algodón las pilas que las contienen y todas esas cosas que ellos hacen, los policías son verdaderos arqueólogos de lo desconocido, un trabajo apasionante y totalmente incomprendido, y tras pedir al cura una lista de los recientemente bautizados, que éramos muchos pues en Venecia eran los años del baby-boom, estaban acudiendo a cada una de las viviendas a fin de interesarse por la salud de esos bebés, y mi abuela me detalla que se presentaron en casa vestidos con unos monos azules, versión primitiva de lo que hoy llaman policía científica, y que traían unas cajas de cartón en las que iban metiendo las pruebas que encontraban en las diferentes viviendas, cajas todavía vacías, pues aún no habían hallado prueba alguna, y ella les dijo entonces que yo me encontraba en perfecto estado, que podían irse tranquilos, no obstante el comisario quiso hacer una inspección visual, de modo que en presencia de mi madre y de mi abuela un policía me cogió por los brazos y me elevó para que otro me palpara el cráneo y observara detenidamente el fondo de mis ojos, y aunque yo, lógicamente, era demasiado pequeño como para tener recuerdos de ese episodio, sé que se instaló en la profundidad de mi cerebro porque, desfigurado, se me aparece en un sueño recurrente, se lo resumo: al principio, hace muchos años, comencé a soñar simplemente con unos hombres que en la casa familiar me elevaban en brazos y me miraban, pero, con el tiempo, ese sueño además de repetirse fue añadiendo detalles, detalles de la escena real, mi abuela al fondo de la sala, mi madre, aún joven y atenta a todo lo que los policías hacían conmigo, las cajas vacías de los policías en la esquina del salón, y luego, con el paso de más años, otros datos asombrosamente precisos también fueron incorporados al sueño, como la alfombra persa y sus dibujos perfectamente formados, los frescos de la pared con los detalles de las pinceladas, la mesa oval de comedor y sus vetas que parecen un océano, y los sonidos propios de la casa también fueron apareciendo en el sueño, incluso los olores, sí, también el sueño introdujo sonidos y olores de la casa familiar, sé que es muy extraño que un sueño tenga sonidos y olores, pero los tenía, y el caso es que mi sueño se convirtió en un recuerdo real de una manera tan precisa que he llegado a la conclusión de que al fin se ha materializado, como lo oye, temo que lo soñado sea ya pura materia y en forma de carne y hueso esté circulando por el mundo, y me hago cargo de que esto que le cuento parecerá muy loco, pero no, no lo es, la gente piensa que los sueños son chaladuras del cerebro dormido, y que su único objetivo es crear cosmos disparatados, pero es precisamente todo lo contrario, los sueños buscan algo muy concreto, y eso que buscan no es otra cosa que el mundo real, ése es el verdadero cometido de los sueños, encontrarse algún día con el mundo material, ser iguales a él, como cuando los amantes buscan que la perfección del amor platónico encaje sin fisuras en la carnal unión de sus cuerpos, que ensoñación y carne sean lo mismo, así avanzan también los sueños, crecen de ese modo hasta el momento en el que lo soñado se hace igual al recuerdo, y es entonces cuando el sueño pierde su cometido y dejamos de soñarlo, nunca más vuelve a aparecérsenos, deja de ser recurrente, finalizan su vida y su ciclo, pero, ojo, no por ello siempre el sueño se extingue pues ocurre que, como le he dicho, cuando alcanza una precisión máxima, una precisión en detalles inaudita, entonces salta al mundo material, toma vida propia, vaga para siempre entre los humanos, y por eso temo que a mi sueño, de tan preciso que se me manifestó, le haya ocurrido exactamente eso, sea ya real y ande por ahí circulando entre la gente, pero disculpe, que pierdo el hilo, esta agua que la azafata me ha traído es horrible, su sabor me despista y se me va la cabeza, porque yo no quería contarle nada acerca de los sueños sino que, como le decía, con el paso de los años he reflexionado mucho acerca de la infección de fémur que como consecuencia del golpe que contra las escaleras de piedra del canal sufrí siendo adulto, infección tan inopinada y persistente que, como también le he dicho, ni aún hoy los médicos se la explican, y el caso es que he llegado a la conclusión de que esa enfermedad fue consecuencia de aquella agua contaminada que en mi bautismo bañó mi cráneo, un agua que desde la pila bautismal estuvo años dentro de mí esperando a dar la cara, porque la virtud del fósil es la paciencia, sólo paciencia necesita el fósil para existir, y a eso me refería antes cuando le decía que en las cosas hay un plano fósil, una dimensión que, mineralizada, espera el tiempo que haga falta para un día, y con toda su potencia y sin miramientos, ¡zas!, dar su hachazo, manifestarse sin más, ¿y sabe lo que, en realidad, anidaba en aquella agua contaminada?, ¿sabe qué era lo que realmente contaminaba aquella agua bautismal?»

«No», dice ella.

«La falta de amor, la falta de amor que aquejaba y todavía aqueja al mundo, tal era lo que contaminaba el agua bautismal, carencia de amor que no sólo afecta al mundo sino que lo está vaciando, como si lo borrara, y bueno, en resumen, lo que vengo a decir con estos ejemplos es que la dimensión fósil de las cosas es algo que habiendo vivido en una latencia virtual de pronto emerge, como su rostro, que me resulta muy familiar, como si a usted yo ya la hubiera visto antes en algún lugar, como si su rostro viniera de muy lejos en el tiempo, no sé, ¿me comprende?»

«Sí, perfectamente.»

«Y ahora que he citado la casa familiar, le cuento que ocurrió que el año pasado me encontraba en esa casa de Venecia, acompañado del gestor de la agencia inmobiliaria, haciendo los preparativos para poner en alquiler una de las plantas del palacio, y es que mi abuela, de la que antes le he hablado, la última de mi linaje, murió hace ya mucho tiempo pero hasta el año pasado no supe qué hacer con ese edificio, y cuando el de la agencia se fue y me quedé solo, me cansé de abrir y cerrar cajones, de hallar recuerdos que o bien no me pertenecían o bien no me apetecía recordar, así que subí a mi piso, en la segunda planta, que la he reservado para mí, para mis breves estancias en la ciudad, y que es idéntica a la planta alquilada pero con mejores vistas, y entonces, sin mi abuela ni nadie de la familia, de pronto el edificio me pareció hueco, sentí la necesidad de salir a la calle y diez minutos más tarde ya estaba en el puente Rialto, era temprano, casi no había turistas, desde que se han instaurado los desayunos bufet y la crisis económica es una constante vital del planeta, la gente se demora en los hoteles y la ciudad vacía le gana unas horas a la ciudad abarrotada, tenía la intención de llegar al Gran Canal, sentarme en un banco, observar el vagabundaje de gaviotas y barcos, pararme a pensar qué significa la muerte de una abuela, y por añadidura qué significa una herencia, qué extraña relación de continuidad, si es que existe, hay entre un cuerpo muerto y las pertenencias que éste deja, y con esa intención caminé, pero nada más cruzar los soportales de la plaza de San Marcos ocurre que alzo la vista y veo una avioneta surcando el cielo, una de esas que llevan un cartel de publicidad atado con una larga cuerda a su cola, y mi sorpresa fue que no se trataba de publicidad sino de una enorme cruz esvástica blanca dibujada sobre una tela de color negro, como lo oye, una gran esvástica que pasó como una exhalación, hubiera pensado que lo imaginaba si no fuera porque un grupo de venecianos que cruzaban en ese momento la plaza también se quedaron petrificados e hicieron comentarios al respecto, sé que la cruz esvástica no la inventaron los nazis, sé que es tan antigua como la civilización asiria, por lo menos, por eso pensé que a lo mejor se trataba de una simple publicidad pagada por alguna asociación en recuerdo de ese pueblo hoy perdido, o del anuncio de cualquier secta esotérica, de esas que ahora abundan y que en dos segundos montan un rito mágico con cacharrería religiosa traída de todas partes, pero también sé por mi abuela, que siendo yo ya mayor me lo contó muchas veces, que el primer encuentro entre Mussolini y Hitler, la primera vez que esas dos grandes gomas de borrar del siglo XX se estrecharon la mano, fue en Venecia, en 1934, precisamente en esa plaza, ante la mismísima basílica de San Marcos, era cuando el *duce* estaba en la cumbre de su poder y ya había llevado a Italia de la democracia al totalitarismo, liderando así el fascismo europeo, y por eso mismo el pequeño dictador alemán, aún prácticamente recién llegado a la jefatura del Estado y novato en cuestiones de diplomacia, estaba muy nervioso por conocer a su gran ídolo, así que intentó por todos los medios que las entrevistas con el *duce* duraran lo menos posible, hablar lo justo, no meter la pata, ya me entiende, y el caso es que para distraerse y liberarse de tensiones, y aficionado como era a la pintura paisajista, tras el desayuno del segundo día y acompañado solamente por un oficial de su total confianza, Hitler se escapa para visitar de incógnito los jardines de la Bienal de Arte, que en aquel momento contaba con muy pocos pabellones nacionales, los de Francia, Alemania, Bélgica y pocos más, pero al llegar, en lugar de hacer lo esperado, que sería interesarse por el pabellón de Alemania, se va directo al de su país natal, Austria, edificación que, precisamente, aquel año estaba en construcción, y pasea de incógnito entre las cuadrillas de obreros, quienes, tomándolo por un ingeniero compatriota, le detallan el desarrollo de la obra, quedando Hitler espantado ante lo que ve: un sencillo cubo, carente de todo aderezo, ni columna ni friso ni hornacina que llame a la grandeza clásica, y en cuyo interior enormes explanadas y arcos sobredimensionados claramente fuera de toda escala armónica le recuerdan más bien a los paisajes de un sueño, a uno de aquellos cuadros de De Chirico, pintor que él especialmente detestaba, un paisaje más propio de lo que él denomina arte degenerado que del supuesto verdadero carácter del pueblo austríaco, y entonces, asqueado por todo eso, Hitler ordena a su oficial de confianza que vaya de inmediato a la ciudad y busque un elemento de escultura clásico, lo más clásico que encuentre, un pequeño trozo de una estatua o un pedazo de un friso, lo que sea, y el oficial se va y tras un par de horas regresa con un ojo de mármol de tamaño natural, un ojo que claramente es un ojo derecho, y le dice que no ha tenido que extraerlo por la fuerza de ninguna estatua pues estaba tirado en el suelo, en mitad de una calle, sin duda resultado de un fallido intento de robo de arte de fachadas de edificios, muy habitual en aquella época entre rateros de poca monta, quienes vendían luego las piezas a viajeros que abordaban por la calle, y el oficial le da ese ojo derecho de estatua al Führer, quien entonces hace algo inesperado, se acerca a unas de las cajas de encofrado de los cimientos, en la que en ese momento los obreros están vertiendo el hormigón, y sin que le vean deja caer el ojo dentro, que se hunde en la profundidad de ese fango gris, el oficial le pregunta por qué ha hecho eso, a lo que él, mientras se alejan, responde que no se preocupe, que esa noble y pequeña piedra de mármol con forma de ojo está ya haciendo su trabajo, inoculando todo su bien milenario en el bastardo y degenerado hormigón, material sólo apto para construir búnqueres, y, en resumen, es en eso en lo que emplea Hitler aquella mañana mientras Mussolini, totalmente ajeno a las actividades de su colega, y como demostración de fuerza, ya había hecho venir desde toda Italia a más de setenta mil camisas negras para congregarlos en la plaza de San Marcos y ante quienes esa misma tarde daría un discurso de varias horas, tantos camisas negras había que la plaza sufre un hundimiento, muy leve si lo pensamos en centímetros, apenas 1'5, pero gigante si lo pensamos en términos evolutivos, pues unas pocas horas equivalieron a años de natural hundimiento, y se preguntará usted por qué mi abuela sabía de este episodio tan desconocido de la Historia, esta suma de detalles no registrados en ningún libro, pues ella lo sabía porque era una de aquellas camisas negras, y es que en 1936 mi abuela conoció a aquel oficial de confianza de Hitler, capitán con quien tuvo durante aquellos días frecuentes contactos íntimos en nuestro palacete familiar, ella conservó su camisa negra hasta la muerte, yo mismo hace pocos meses, mientras hacía limpieza para alquilar su piso, la tiré a la basura, era bonita, seamos justos, era una camisa bonita pero de muy aciago recuerdo, y mire, llevo un rato fijándome en que la camisa de mi abuela era igual a la que lleva usted puesta, exactamente igual pero con los colores al revés, la de usted es blanca con botones negros nacarados y la de mi abuela era negra con botones blancos nacarados, la una el negativo de la otra pero la misma tela, el mismo corte, la misma hechura, hacía muchos años que no veía una igual, y, bueno, el caso es que aquel día, hace pocos meses, en la plaza de San Marcos yo ya estaba perturbado por el pájaro de hierro que la había cruzado y la esvástica que exhibía, y súbitamente noté una ausencia de olor y de sonidos, fue algo extrañísimo, de pronto no olía a nada ni tampoco se oía nada, era la primera vez en mi vida que experimentaba algo así, tan inédito que no puede explicarse pero cuando ocurre lo reconoces al instante, resulta insoportable, una amputación del mundo que sientes como tuya, es tu propio cuerpo el amputado, cuerpo que reacciona con fuertes dolores de cabeza e insoportables picores en los ojos, y fue tal mi aturdimiento que en vez de ir hacia el Gran Canal decidí entrar cuanto antes en algún edificio. A lo lejos vi la puerta del Museo Arqueológico, en el que como puede usted suponer ya había estado muchas veces, pero sentí cierta clase de paz al imaginarme paseando por sus salas, a esas horas seguro que vacías, y minutos más tarde comprobé que en efecto lo estaban, y en completa soledad y sin ya dolor de cabeza ni picor de ojos fui dejando atrás las miles de antigüedades que alberga hasta que un objeto que nunca había visto llamó mi atención, un pequeño espejo iraní del siglo VIII, decía una cartela al pie, sin duda proveniente de algún saqueo expedicionario, un espejo exhibido sobre una especie de atril y dentro de su correspondiente vitrina a prueba de fuego, de cuchillos y de balas pero no de miradas, así que me aproximé y no sólo miré el espejo y sus ornamentaciones sino que me miré en él y, al verme en su reflejo, no sin vértigo me pregunté cuántos rostros antes que yo ese objeto habría contenido, cuántas capas de rostros ya habría ahí depositadas, siglos y siglos de ojos literalmente engullidos por su lisísima superficie, e inmediatamente quise hacerle una fotografía con mi teléfono móvil, que disparé faltándome tiempo para ver el resultado allí mismo e, inesperadamente, comprobar que ahora, además de mi rostro y de los miles de rostros que antes que yo se habían reflejado, también en ese espejo estaba reflejada la marca comercial de mi teléfono, me refiero a la manzana mordida de esa compañía tecnológica que prefiero no nombrar, y es que, como ve, es éste un problema complejo y lleno de aristas, porque ahora todo, absolutamente todo, tanto mi rostro como el antiquísimo espejo y los miles de rostros contenidos en él, estaban ya a su vez atrapados en esa gran corporación dedicada a la tecnología, atrapados sin remedio en un planetario sueño tecnofinanciero, sueño que desde algún lugar nos mira, y es que vivimos dentro del gran sueño, abstracto e inmenso, que son las grandes corporaciones financieras, su ojo nos observa como los ángeles observaban en la antigüedad a otras civilizaciones y como más tarde lo hicieron los Estados y las monarquías con sus súbditos, y no se lleve a engaño, la etimología aquí es clara, *corporación* viene de *cuerpo*: el suyo, el mío, el de todos, en efecto, los sueños corporativos nos poseen, o por decirlo claramente: somos sus fetos, las grandes compañías nos sueñan y observan tan exactamente que, a su imagen y semejanza, ya nos han materializado. Deberíamos liberarnos, pero es tal la precisión de su sueño, es tal la perfecta seducción de su falta de amor, que no podemos o no sabemos cómo hacerlo.»

«¿Me escucha o duerme?», «sí, sí, le escucho», responde ella. Y es que en ese momento la escritora ya ni mira por la ventanilla ni observa la curvatura del ala, tampoco piensa en su esposo, que la espera en la planta principal del palacio veneciano, lo único que la ha apartado por un instante de la narración de su recién compañero de asiento ha sido deslizar la mano para palpar, entre sus pies, la bolsa de viaje y al tacto comprobar que, pese a las turbulencias sufridas, la pequeña bola de cristal de Venecia está en perfecto estado. El hombre, en tanto da compulsivos tragos al tercer botellín de agua, continúa diciendo: «Y entonces aquella mañana de hace unos cuantos meses, tras fotografiar el pequeño espejo iraní salí del Museo Arqueológico y al atravesar la plaza de San Marcos la ausencia de olor y de toda clase de sonidos persistía, el picor de ojos se hizo más intenso si cabe, y regresé a mi casa lo antes posible, muy inquieto, pues a todo eso había que sumarle el recuerdo de la fotografía que yacía en la carpeta de imágenes de mi teléfono móvil, fotografía que era como llevar un gran ojo que todo lo ve en mi bolsillo, y nada más atravesar mi puerta y dejar las llaves en la cómoda de la entrada me preparé un aperitivo, poca cosa, aceitunas y vermut rojo, oí los pasos de los inquilinos de abajo, son una pareja, personas silenciosas, nunca hablan, tan sólo se les oye caminar, tan discretos son que nunca los he visto, las cosas del alquiler las maneja la agencia inmobiliaria y, además, paso muchas temporadas viajando, pero aprovechando que ahora asuntos de gran importancia me aguardan en Venecia, y que he de permanecer en mi casa al menos durante un mes, espero uno de estos días llamar a su puerta y presentarme, es lo que cualquiera esperaría de la diplomacia de un embajador, ¿no?, pues le decía que me preparé el aperitivo y me senté en el salón, que es grande y tiene magníficas vistas a las cúpulas de la basílica de San Marcos, blancas y sobresalientes como agujas de una cordillera nevada, y encendí el teléfono y observé de nuevo la foto del espejo iraní, e instintivamente puse el dedo en el botón de borrado, como si al borrar la foto se borrara también su contenido, como si el borrado fotográfico por arte de magia nos liberara a mí y a los miles de rostros contenidos en aquel espejo, como si ese simple acto nos expulsara del gigantísimo y perfecto sueño que es la manzana mordida de la gran corporación tecnológica, pero al instante retiré el dedo de la tecla de borrado porque sé que la creencia de que al borrar una foto borras el instante que esa foto contiene es puro pensamiento mágico, es una tontería como otra cualquiera, nunca nada es completamente borrado de la faz de la tierra, todo se suma, nada se resta, se lo digo yo, que he viajado por el mundo entero y le aseguro que no hay cultura en el planeta que sostenga que alguna cosa pueda ser completamente borrada, le pondré un ejemplo, cuando viví en África, continente que conozco de cabo a rabo, me afinqué durante unos meses en un pequeño pueblo de Marruecos, que posee una creencia tan rara como sugerente, sus habitantes piensan que cuando arrojas al fuego una foto o un retrato de alguien, lejos de eliminar al retratado o lejos de simplemente dejar el mundo como estaba, lo que provocas es un doble: el cuerpo que ya existía y otro casi idéntico, cuerpo nuevo que como un fantasma camina ya para siempre por el planeta, pero con la peculiaridad de que camina exactamente en dirección contraria al cuerpo original. Por ejemplo, si ahora mismo quemáramos aquí una fotografía mía, cuando mi cuerpo original fuera hacia el morro del avión, mi cuerpo duplicado iría hacia los lavabos de cola, y de este modo una persona puede tener decenas de dobles casi iguales circulando simultáneamente por el mundo, es la superstición más asombrosa que jamás he oído, ¿no cree?, pero continúo, que me pierdo, sea como fuere, aquel día, en mi casa, tras regresar del Museo Arqueológico, mientras tomaba el aperitivo en mi terraza, no borré la foto del espejo iraní porque, como le digo, de nada hubiera valido hacerlo, nada sobre la faz de la Tierra puede ser borrado, todo se suma, nada se resta, ¿quiere verla?, luego me levanto y se la enseño, tengo el teléfono en la bolsa de mano, en mi asiento».

La escritora hace un gesto con la cabeza que da a entender que no, que no hace falta que se la enseñe, y desvía la mirada hacia un grumo de nubes que casi oculta los primeros y rojísimos rayos de sol. Le viene a la cabeza la imagen de un berebere, muchos años atrás, a los pies del monte Toubkal, arrojando al fuego una fotografía de sí mismo.

«Pero bueno —continúa diciendo el hombre mientras da compulsivos tragos al cuarto botellín de agua mineral—, lo que en realidad quería contarle es que, cuando aquella mañana regresé del Museo Arqueológico, ya no paraba de pensar en el gran ojo que ocupaba la carpeta de imágenes de mi teléfono móvil, y sentado en la terraza de mi piso miré al mar, lejano pero muy visible tras las cúpulas de San Marcos, y di un trago al vermut y recordé algo que tenía que ver con ese mar y con un ojo, un ojo de mi infancia, me refiero al lento y parsimonioso descenso de una piedra que cuando era niño tiré al mar, le explico: hasta mis once años de edad los estrechos y sinuosos canales de la ciudad habían sido mi única agua navegable, pero un día fui a mar abierto, se trataba de un pícnic dominical en el pequeño velero de un amigo del colegio, con sus padres. Yo llevaba conmigo una piedra que de camino al embarcadero me había encontrado en la calle, tirada en el suelo, desprendida de la fachada de una casa, y que había ocultado en mi bolsa, entre el bañador y la toalla, una piedra de mármol que me atrajo nada más verla porque tenía la peculiaridad de, claramente, pertenecer a una escultura, pues en uno de sus lados tenía esculpido un ojo sin pupila, uno de esos ojos velados que acostumbran a tener las estatuas antiguas, concretamente se trataba del ojo izquierdo, pero es que además me gustó el detalle de que ese ojo izquierdo fuera tan grande como mi ojo izquierdo, y recuerdo que instintivamente alcé la vista y en la fachada del edificio en efecto había una estatua de mármol a la que le faltaba no sólo el ojo izquierdo, sino también el derecho, lo cual consideré extraño, y guardé mi ojo izquierdo en la bolsa y seguí mi camino, y horas más tarde, ya navegando, con la meteorología a nuestro favor y sin apenas olas, todo era lo agradable que se espera de un domingo de verano, sin embargo el barco me pareció de pronto una chabola flotante, un espacio de insoportable hacinamiento, súbitamente no comprendí el prestigio social de las actividades náuticas y decidí hacer una gamberrada que de algún modo violentara lo tácitamente esperado de un bonito día de pícnic en alta mar, así que en breves segundos tracé un plan, que consistía en extraer el ojo de mi bolsa, enseñárselo a todo el mundo y acto seguido tirarlo por la borda, como lo oye, un ojo del siglo XVII a punto de ser lanzado a los abismos porque sí, por el mero placer de hacer naufragar la Historia del Arte y para, ante la cara de incredulidad de los presentes, demostrarles que las fechas y el aura de las cosas que creemos valiosas nada significan, vivir de este modo el impagable momento de sostener entre mis manos todo un representante del prestigio artístico pacientemente construido por los siglos humanos y al instante transformarlo en una vulgar piedra que, indistinguible de cualquier otra piedra, yacerá por los siglos de los siglos terrestres en el fondo del océano, y, en definitiva, un ojo de estatua que era mi ojo —porque para mí ya en ese momento aquel ojo de piedra era mi verdadero ojo—, condenado para siempre a no observar nada excepto la completa oscuridad abisal, pero ocurrió que cuando lo tenía en mi mano y me disponía a exhibirlo, mi plan me pareció una completa vulgaridad, la ostentación de un poder de juguetería, una niñería impropia de un preadolescente inteligente como yo, y súbitamente cambié de opinión, continué con mi idea de tirar el ojo al mar pero secretamente, sin que el resto de la tripulación me viera, complacerme en cometer contra el patrimonio de la Historia una violencia que sólo yo recordara, violencia que por lo tanto no sólo nadie pudiera jamás demostrar sino que si, por ejemplo, dentro de muchos años yo quisiese fanfarronear de haber tirado al mar una antigüedad del siglo XVII, sin prueba alguna de mi hazaña ni yo mismo pudiera demostrarla, quedando así mi vandálico gesto en un limbo, en una nada, un inútil grito lanzado en mitad de un no menos inútil desierto, y fue entonces cuando, mientras los demás comían en la popa, me acerqué a la proa y lo dejé caer, nadie estaba allí para verlo pero lo tiré, le aseguro que tiré ese ojo, sé que no puedo demostrarlo, sé que sin testigos ni documentación fotográfica de mi acto soy rehén de mi perversa y secreta mecánica, pero lo tiré, y no hizo ruido al chocar con el agua, y si lo hizo fue apantallado por el ruido de los millones de ondas acuáticas, de modo que aquel trozo de cultura del siglo XVII se hundió en completo silencio, pero de pronto, lejos de satisfacerme mi hazaña, se desató en mí un pánico, un tremendo pánico, porque tuve la certeza de que condenar ese ojo a la eterna oscuridad abisal equivalía a generar también un proceso de oscuridad en toda la ciudad de Venecia, la certeza de que en el preciso instante en el que ese ojo robado a la ciudad tocara el fondo marino, los ojos de todos y cada uno de los venecianos comenzarían a verse afectados por la misma oscuridad total del ojo de piedra, y quién sabe si ello afectaría a su vez al resto de sentidos de sus cuerpos, y después se desató una tormenta, sin peligro para la travesía pero suficientemente intensa como para agitar nuestra carne como quien agita un refresco carbonatado, y vomité, tuve que limpiar la cubierta a conciencia pero me daba lo mismo porque yo ya no podía dejar de pensar en que mi ojo seguía su lento pero irremediable descenso hacia las profundidades, y durante muchos años no pude dormir pensando en mi ojo de piedra, lo veía en su caída a medida que, velado y sin pupila, giraba solitario sobre sí mismo, periscopio de mármol que quiere ver, ansía conocer el mundo pero nada ve, como si, ingenuamente, en su descenso creyera ir al encuentro de su ojo compañero también perdido, y pensé entonces que cuando tocara fondo oiría un estruendo, un tremendo estruendo acompañado de un golpe seco dentro de mi cabeza, y que mi cuerpo temblaría como un tambor y que ése sería el principio de la irremediable oscuridad para los habitantes de la ciudad. ¿Me sigue, amiga mía?»

«Sí, sí, le sigo.»

«Espere, necesito agua», abre la última botella.

«No se preocupe, tómese el tiempo que quiera.»

Mientras el hombre bebe, ella observa el cielo, en ese instante ya totalmente azul y limpio de nubes, y recuerda que meses atrás, en Venecia, su esposo le había dicho que al igual que ocurre con los discos de vinilo, todos los objetos del mundo tienen en sus superficies surcos y microsurcos, y que sólo hace falta dar con la aguja que pueda extraerles el sonido para que nos cuenten su historia, su particular y nunca escuchada historia, y piensa que quizá ella misma sea ahora la aguja, el instrumento que ese embajador ha elegido para extraerse a sí mismo todos esos relatos, y que todos en algún momento de nuestras vidas cumplimos el involuntario trabajo de ser la aguja de alguien. Y ahora el hombre se limpia unas gotas de agua de la barbilla, cierra la botella, y continúa: «Vale, pues he de decirle que así ocurrió, ocurrió exactamente eso, le cuento: cuando, hace pocos meses, tras regresar del Museo Arqueológico, tomaba el vermut en mi casa y recordé el ojo que yo había tirado al mar, no quise pensar más en todo eso y decidí salir a que me diera el aire, ver gente, cenar fuera, así que me dirigí a un restaurante, precisamente a la altura del puente de la Academia, de comida tradicional veneciana, local que acostumbro a frecuentar y al que antes me he referido, el único del mundo que tiene agua mineral procedente de las montañas del Toubkal, no sé cómo la traen, lo he preguntado más de cien veces y no me lo quieren decir, pero quienes la hemos probado a pie de montaña la reconocemos nada más olerla, un sabor que no se parece a nada, a veces bromeo para mí con que esa agua es el último sueño de Alexandra, el último y materializado sueño de una leoparda que, protectora de la humanidad, yace bajo el hielo en la cima del monte Toubkal, y el caso es que me senté junto a la ventana, que tiene buena vista al amarre de los barcos, me encanta ver la sucesión de nudos en las estacas, todos iguales y al mismo tiempo distintos, y pedí una pizza con mucho queso, "La Pizza Con Más Queso de Venecia", dice un rótulo tras el mostrador, y no tardaron en traerme la pizza, pero antes de morderla me serví el agua, me moría de sed, y eché un trago, un grandísimo trago, pero ocurrió algo muy distinto a lo habitual, inmediatamente oí un ruido dentro de mí, un ruido que inundó mi cuerpo al completo y lo hizo temblar como un timbal, el mundo al completo resonando en mi interior, y cerré los ojos, los cerré con fuerza, y supe entonces que en ese preciso instante el ojo de piedra terminaba su descenso bajo el mar, tras muchos años de caída aquel ojo tocaba fondo, impacto que produjo al fin un insoportable estruendo en la remota oscuridad abisal que sólo yo pude oír. Dos ojos de mármol que deberían estar compartiendo una visión, ahora sí separados para siempre. El comienzo de la lenta pero segura ceguera de la ciudad, el repliegue del amor sin posibilidad de marcha atrás». El hombre hace una pausa, toma aliento, y añade: «Pero ocurrió algo más, algo que le afecta directamente a usted, y es aquí a donde yo quería llegar. Tras beber el agua y mi cuerpo temblar, inmediatamente abrí los ojos, miré hacia las mesas del fondo de la tratoría y allí estaba usted, acompañada de su esposo, comían pizza y usted le preguntaba cómo se dice *relámpago* en latín. Me di cuenta de que yo ya la había visto antes en algún lugar, muchos años atrás; su dimensión fósil comenzaba a revelarse ante mis ojos con una fuerza imparable. Usted dio entonces un trago a su vaso de agua y tembló, su cuerpo tembló. Me bastó ver eso para darme cuenta de que ustedes eran los elegidos. Pronto su esposo comenzaría a tener mis mismos sueños. Pronto usted vestiría esa camisa. Pronto comenzaría a ocurrir todo lo que está ocurriendo».

La escritora le mira directamente a los ojos y le dice «¿elegidos para qué?».

No duda cuando responde: «Para construir un nuevo mundo, el mundo que restituya al amor».

La escritora suelta una risa, que parece no afectar al hombre, quien señala la bolsa de viaje que ella tiene entre sus pies en tanto le dice «esa bola de Venecia se romperá, y usted no podrá hacer nada para impedirlo». Ella detiene su risa en seco. «¿Cómo sabe lo que llevo en esta bolsa?» «Se lo he dicho, soy el embajador, lo sé todo.»

La escritora descansa del infinito parlamento de ese hombre, que acaba de levantarse; «creo que he bebido demasiada agua», ha dicho antes perderse por el pasillo en dirección al lavabo de cola. En tanto espera su regreso, instintivamente sus manos protegen la bolsa de viaje. Mira por la ventanilla y piensa que sobrevuelan un doble abismo, el del cielo y el del océano que el amanecer ya ilumina allí abajo. Y ahora se inquieta porque han pasado más de veinte minutos y ese hombre no regresa del lavabo. Aún no sabe que nunca regresará.

TERCERA PARTE

Hace millones de años —tantos que el amor aún no existía—, la atmósfera terrestre carecía de oxígeno, y el que había se hallaba en el agua de los océanos, producido por una red de organismos unicelulares acuáticos. Pero en el agua también había hierro, de modo que este hierro, al entrar en contacto con aquel oxígeno, inevitablemente se oxidó creando una oscura y ferruginosa capa que cubrió la totalidad del lecho marino. Con el paso del tiempo, y tras evaporarse el agua, la capa de óxido quedó al descubierto, y llovió y otro océano sustituyó al anterior y volvió a comenzar el proceso de oxidación, que se repitió miles de veces. En las tierras de Canberra se ven altísimos acantilados con estratos de esas oscuras capas de óxido que antes fueron oxígeno. Puede decirse que cada una de esas capas es la respiración de la Tierra. *(Amor óxido)*

Ella le dijo:

Nuestro idioma, ese idioma que sólo tú y yo hablamos y que nadie ha hablado antes y que jamás nadie hablará porque es nuestro y sólo nuestro, se inventa cada día con un único propósito, soldar los hemisferios de nuestras almas.

Él respondió:

Y aparece el primer animal visible de la Creación.

Hubo un rayo en la noche, un rayo estándar, común. Pero al mismo tiempo, más lejos de ese horizonte emergió otro rayo que dejó grabada en la pared de la casa la sombra del primero, sombra tan oscura y nervada que a quienes la vieron les pareció una enredadera. Como si el segundo rayo hubiera radiografiado en la pared al primero. O mejor, como si lo hubiera carbonizado. *(Amor llama doble)*

Ella le dijo:

Los adivinos y videntes sólo ven de lejos, ven allí donde el tiempo y el espacio todo lo difuminan y ya nada importa, por eso siempre aciertan en sus predicciones. Los adivinos y videntes nunca ven lo que ocurrirá un instante después.

Él, en tanto terminaba de preparar un haz de leña que pronto sería fuego, dijo:

Tú sí me viste.

Nada existe hasta que es nombrado. Cada época funda su propio concepto de las cosas, y nuestro concepto del amor tal y como lo sentimos y expresamos viene ya programado desde la Edad Media; su nombre fue, y todavía es, *amor cortés*. Se trata del amor proyectado en la ausencia de la figura femenina, mujer que se presentará lejana para, en primer lugar, poder ser invocada con la palabra escrita, luego resultar verbalmente seducida y, finalmente y tras un tortuoso camino de programados malentendidos, en el encuentro carnal ofrecerse a la penetración. Repetimos los mismos clichés de amor que un hombre del siglo XIII o que una mujer del siglo XIX. Nietzsche decía que incluso las palabras más comunes y de uso cotidiano son metáforas de otra cosa, pero que están tan gastadas que ya hemos olvidado que lo son. Así ocurre con el amor; por infinitamente repetido, cada vez que aparece lo creemos absolutamente original. He aquí una primera paradoja: amar consiste en, de entre los millones de personas del planeta, escoger una, segregarla para atribuirle virtudes que sólo uno ve, contemplar una maravilla donde el resto del planeta sólo ve estadística y vulgaridad, fundar ahí un humano único, pero para aplicarle después aquella plantilla del amor cortés, que estandariza a la persona amada. O al menos así ocurría hasta hace poco tiempo. La gestión de las amistades y del amor experimentado en las redes sociales viene inducida por un necesario desarrollo de habilidades que en poco se diferencian de las que una empresa necesita para mantener y ampliar los beneficios de su negocio. Es el resultado de, en aquella ecuación clásica del amor cortés, permutar la violencia cortesana por la plusvalía capitalista. Transitar, en definitiva, de un amor de lo *absolutamente ausente* —propio del cortesano Homo Amoris— a un amor de lo *absolutamente presente* —propio del capitalista Homo Economicus. *(Amor economicus)*

Él le dijo:

Tantos años juntos y al mismo tiempo tantos años conociéndonos, tantos años conociéndonos y al mismo tiempo tantos años amándonos, tantos años amándonos y al mismo tiempo tantos años felizmente aislados, y no hemos conseguido nada de lo que deseábamos.

Y qué pensabas, no somos ni Romeo ni Julieta, ni un poema ni una novela, tan sólo humanos

—dijo ella mientras le acariciaba el pene, erectísimo ante su conocido tacto.

Está probado que en la Tierra por cada humano hay otros cuatro individuos con su mismo rostro, o con unas facciones tan aproximadas que es posible darlas por idénticas. No resulta descabellado entonces ir un paso más allá y pensar que esa peculiaridad no sólo se cumple en el espacio sino también en el tiempo: en toda época ha existido un rostro idéntico al tuyo que, indefinidamente, es propagado hacia el futuro. De ser cierto, sería ésta la exacta definición del ego-amor. Narciso hecho eternidad, hecho virus. *(Amor virus)*

Ella le dijo:

Cuando entras en mí siento dentro una cuerda hecha de vapor y humedad, de guijarros y hierba, de diamante y carbón, de frutas frescas y heces del Gran Apagón, que ata mi interior a un lugar muy lejano.

Él respondió:

Te ata a mí, pájaro todavía sin nombre.

Yo, tú, él, nosotros, vosotros, ellos. Los pronombres personales —lo sabemos— son la gran y definitiva barrera del lenguaje. No es posible ir más allá de la ciudadela que esos pronombres ocupan. No es posible ir *más allá* del plural del *ellos*, y en caso de poder ir, ¿qué clase de cosas podrían vivir más allá de esa colectiva pluralidad? Del mismo modo, no se puede venir *más acá* del singular que funda el *yo*, y en caso de poder hacerse, ¿qué clase de cosas podrían existir en esa tan extrema cercanía? En efecto, el lenguaje se halla totalmente ocupado por los pronombres personales, son ellos sus muros y su territorio, que lo llenan y agotan por completo. Puestos a preguntarnos por las fronteras de las cosas, podemos también interrogarnos por la frontera del amor, qué línea separa el país del amor del resto de cosas existentes, y es entonces cuando inmediatamente nos damos cuenta de que el amor que realmente le importa al mundo, ese al que llaman *amor universal*, comienza precisamente donde terminan los pronombres personales, donde el significado de *yo, tú, él, nosotros, vosotros, ellos* fracasa. Son entonces los pronombres personales un punto final a partir del cual se extiende una ciudad llamada amor; su preciso punto de partida. Desde ahí hasta el infinito, el amor no dejará de crecer al margen del yo, tú, él, nosotros, vosotros, ellos. Pero por ese mismo motivo el territorio del amor es también el lugar donde no se puede señalar a nadie ni a nada porque ningún pronombre estará ahí para respondernos, un lugar donde resulta inútil pedir cuentas a nadie, un mapa donde todo adopta la fórmula de la irresponsabilidad; algo así como «yo es nosotros y nosotros es yo»: nadie es culpable de nada. Tal amor universal se parece, entonces, a esa otra sima de datos e imágenes superpuestas a la que simple y llanamente llamamos *la Red. (Amor irresponsable)*

Él le dijo:

Tú y yo somos un prodigio de la obscenidad.

Ella respondió:

De la sabiduría de la obscenidad.

La primera catástrofe ecológica a escala planetaria no fue originada por humanos sino por bacterias. Hace tres mil millones de años, y para su propio desarrollo, las bacterias crearon oxígeno, y ese oxígeno ocasionó una contaminación a gran escala, que las habría extinguido de no ser porque se adaptaron no sólo a vivir con el veneno por ellas mismas generado sino a depender de él. Tan grande fue su evolución adaptativa a la sustancia que las mataba que hoy no puede haber bacteria sin oxígeno que la circunde. Eso ocurrió en el Holoceno. Si se permuta *bacteria* por *humano*, y *oxígeno* por *basura*, el paralelismo con el Antropoceno es exacto. Si se permuta *bacteria* por *ciudadano* y *oxígeno* por *nación*, el paralelismo con los nacionalismos identitarios es exacto. Si se permuta *bacteria* por *humano* y *oxígeno* por *emociones*, el paralelismo con el amor tóxico también es exacto. *(Amor bacteria)*

Ella le dijo:

Mientras construimos el amor entra a través de cada poro, directo al torrente sanguíneo, un sentimiento de absoluta impunidad.

Él le dijo:

La pasión todo lo roba, nada devuelve, sólo tú, que lo ocupas todo sin ser Dios, permaneces intacta a cualquier culpa.

Una conversación, la muerte de un cuerpo, una mujer embarazada, un grupo de gente comiendo, alguien que camina por la calle, el coito o un individuo que mira al cielo son todas ellas cosas sencillas, comunes, vulgares, que en el cine y el teatro son muy difícilmente simulables; hay que ser muy buen actor o actriz para provocar con esas situaciones una sensación de verosimilitud. De esto se deduce que la representación de la realidad se convierte en algo difícilmente abordable cuando afecta a hechos cotidianos. Sin embargo, situaciones anómalas, singulares, no inscritas en nuestro habitual devenir, tales como ponerse al borde de un precipicio y no sentir miedo, comer cincuenta huevos cocidos y no indigestarse, o ser atropellado por un tren, resultan en la ficción muy fácilmente imitables. Esto refuerza la idea antes apuntada: la cotidianidad, lo común, lo vulgar, se resiste a ser copiado en la ficción. Hay en las cosas más banales un rozamiento con su entorno —con la vida—, que las lleva a una asombrosa fricción con la ficción. En pocas palabras: la banal realidad siempre es distinta a todo. Sin embargo, el amor, y en cualquiera de sus manifestaciones, resulta mucho más difícil de representar que todo lo vivido; el esfuerzo que hay que hacer para que el amor emerja a la ficción como sentimiento creíble es casi infinito. Para que el amor en una pantalla, en un libro o un escenario teatral llegue a un grado óptimo de verosimilitud se necesitan desarrollos muy largos, caminar por verdaderos laberintos e insospechados detalles; sólo entonces la apariencia de amor cuajará en el espectador o en el lector. El motivo no es otro que su condición de ingrediente principal de la supervivencia. El amor no es un gesto, ni una situación ni una estructura, ni mucho menos un poema o una ficción. El amor no se parece a nada, el amor es un monstruo. *(Amor monstruo)*

Él le dijo:

Sólo abro la boca para imitar tu voz.

Ella respondió:

Pues hazlo.

¿No ha sido acaso siempre el amor una piedra desprendida de un continente, un elemento por descifrar en una tabla periódica, un experimento de otra cosa que, por abreviar, también llamamos *odio*? *(Amor tabla periódica)*

Él le dijo:

Nunca nos llamamos por nuestros nombres.

Ella dijo:

Los días, las semanas, los años, las moléculas de río, nuestros nombres incluso, todo fue una convención.

El Juicio Final y Universal se nos anuncia siempre al Final de los Tiempos, y el motivo de ese infinito aplazamiento no es otro que su imposibilidad. En efecto, no podrá existir un juicio final porque para juzgar cualquier cosa se necesita un lenguaje, y si el Juicio Final de veras fuese *final* y *universal* debería entonces juzgar también al propio lenguaje, juzgarse a sí mismo, lo que automáticamente invalidaría cualquier veredicto justo. El amor, en su continua suspensión del juicio de las cosas, en su natural aplazamiento de los asuntos que aborda, también es un juicio final que nunca llega, el imposible juicio del final de las cosas que afectan a las emociones, de modo que el amor, una vez puesto en marcha, no sólo no tiene fin sino que, por el contrario, cuanto más tiempo pasa más se extiende en una lejanía. Es algo similar a esos canales de TV por los que alguna vez has pasado y que ya nadie mira aunque en algún lugar sigan emitiendo imágenes, o como esos archivos e informes que lejos de permanecer quietos en sus carpetas crecen en la oscuridad de los cajones hasta mutar en esa arbitrariedad a la que llamamos *memoria*. En este sentido —en el sentido de su infinita expansión, en su expresarse como pura narración, en su nunca presentarse en directo y sí en diferido—, el amor es un mecanismo que comparte dinámicas con otros fenómenos típicamente expansivos como el Big Bang, el capitalismo, las lenguas que partieron del indoeuropeo, el turismo de masas, el patrón de crecimiento de una rosa o la misma luz, que emerge de un punto y ya nunca cesa. El conocido verso, «hay una luz que nunca se apaga», toma aquí exacto ejemplo. Fantaseamos con juicios finales y con la devastación del amor sin pensar que lo llevamos dentro, planta enredadera cuyo destino es crecer sin tregua; mejor dicho, sin remedio. *(Amor expansión)*

Ella le dijo:

¿Alguna vez veremos de nuevo pájaros con nombre volar sobre nuestras cabezas?, ¿renacuajos que den lugar a ranas?, ¿briznas de hierba que nos refresquen en verano y ardan en invierno?, ¿alguna vez, al asomarnos a los ventanales, veremos de nuevo humanos, y nieve no perpetua desaguando el valle?

Él respondió:

Somos una herida sin cuerpo, a ninguna carne estamos ya atados. La unión de nuestros sexos es el único encuentro al que propiamente puede llamársele encuentro.

Aquí, allá y en todas partes existe la creencia de que *crear* algo es *poseerlo* —por ejemplo, el habitual copyright—. De ahí a la creencia de que *conocer* algo también es *poseerlo* sólo hay un paso. La Ilustración y sus embajadores en multitud de expediciones estudiaron y clasificaron allende los mares miles de ejemplares de arbustos, árboles, animales y flores. Ese conocimiento, científicamente severo e ideológicamente fundamentado, generó también la idea de una legítima posesión sobre el territorio estudiado. «La tierra es para quien la estudia» no es más que la trasposición ilustrada de aquel otro lema de la revolución campesina, «la tierra es para quien la trabaja». Tales saltos mágicos de posesión de las cosas se dan también en el amor cuando éste se concreta en la creencia, muy extendida, de que amar es *conocer* al otro. *(Amor posesión)*

Él le dijo:

> La rectitud es un espejismo. Todo contiene una curva.

Ella dijo:

> Es el Universo, que en nosotros se sacrifica.

La tragedia del monstruo es ser consciente de que está hecho con trozos de otros seres, fragmentos de cadáveres cuya procedencia no conoce. La tragedia del monstruo es identitaria. Por eso el monstruo desea tanto amar. Por eso su amor es rechazado. *(Amor fragmentado)*

Él le dijo:

Un día me dijiste que la única cavidad de tu cuerpo que aún no he explorado con mi lengua es el caracol de tus oídos.

Ella dijo:

Amar es reservar una parte de tu cuerpo para otra cosa que no se ama. Incluso a veces se odia.

Las plantas —que son muerte que se escucha en el aire o libreta que anota imposibles sueños—, dejadas al albur de su geometría, devastarían la tierra mientras ensayan su acceso a un futuro estado de estrellas de carbón. Vagabundos fractales son las plantas, capa blanda que cubrirá los objetos para dar lugar no sólo a un nuevo paisaje sino a una naturaleza antes nunca vista. El fuego tras su paso o la nieve tras su caída dejan un mundo sin forma y por construir, listo para ser inaugurado con la pisada —no es Adán, tampoco Eva, sino las huellas de los pájaros lo primero que aparece entonces—. Así también las plantas cuando su manto nos sepa tan dulce como el primer pezón que los labios —breves como rosas— de un recién nacido rozan. *(Amor futuro de las plantas)*

Él le dijo:

> En este valle ni siquiera existe el aliento de un burro ni el calor de la barriga de una vaca para compensar el frío de nuestros dedos. En nuestros largos paseos entrelazamos las manos, cristales de hielo. Peor es durante el día, el sol no calienta, como si estuviera muerto o ya no fuera una esfera. Y llega el miedo.

Ella contestó:

> Sé que no tienes miedo y que estás vivo. Si no, cuando entras en mi cuerpo no podría sentir ese radiador que me calienta por dentro.

Hay tantas maneras de entender el *eterno retorno* postulado por Nietzsche como escuelas hay de pensamiento, de ahí su carácter netamente poético. En nuestra escuela —la escuela que estas páginas inauguran—, el eterno retorno es regreso de lo mismo, sí, pero como lo hace la espiral, que no regresa al mismo *lugar* ni al mismo hábitat, de modo que lo retornado se convierte en algo distinto, momento exacto en el que lo postulado por Nietzsche toma forma real, animal vivo y capaz de reproducirse por sí mismo. De igual modo opera el amor. Tienen razón quienes lo llaman *amor eterno*; les falta añadir que en esa eternidad siempre es un amor nuevo. *(Amor eterno retorno)*

Él le dijo:

Cuando veo tu sombra también veo mi cabeza, mis piernas, mi pecho y mis brazos dentro de esa sombra, que adoptan entonces las formas y texturas de todas las cosas que en su avance tu gemela oscura barre.

Ella le dijo:

En ningún lugar está escrito que la sombra, cuando se ama de verdad, no cobre volumen y adquiera el mismo cuerpo que el del amado.

Estruendo, chasquido y susurro, de mayor a menor intensidad se organizan los ruidos de las cosas que se abren sin más, tales como el Universo, las rosas y las bocas. Cavidades todas ellas que llaman a la unión. Y llega la noche y no aparecen ni la derrota ni el ruido de lo que sin más se cierra. Sólo un murmullo de decibelios cuerpo adentro. *(Amor decibelio)*

Él le dijo:

Cada beso que nos damos es un eclipse de sol, tan absorbente que deja al mundo sin luz. No conocemos otra forma de juntar nuestro apetito en un solo cuerpo.

Ella le dijo:

Si observas con detenimiento el interior de la

bombilla del dormitorio cuando está encendida, también en su centro sólo ves un punto oscuro, tan oscuro que no sabes cómo nombrarlo. Punto en el que la luz se absorbe a sí misma.

Una mujer que acaba de romper con su marido descubre en la terraza una huella de pie desnudo, y no le extraña, pues en casa él siempre caminaba descalzo. Coge una silla, se sienta ante la mancha y reflexiona: el paso del tiempo y los fenómenos atmosféricos borrarán la huella, y entonces, desparecido ese rastro, lo hará también el recuerdo de él. A continuación piensa que el paso del tiempo podría originar un efecto contrario: el polvo del ambiente se posará sobre la huella, y con ese polvo vendrán microorganismos, pequeños líquenes incluso, que se prenderán a su superficie para hacer crecer en la terraza una costra viva; la huella del pie desnudo será completamente cubierta. Y eso también equivaldrá a borrar todo recuerdo del amado, pero en este caso no por sustracción sino por acumulación de datos. *(Amor bigdata)*

Ella le dijo:

Si al ver las nubes y las piedras, si al ver los remolinos de la fuente y los gusanos de los terrones, si al ver el verdor de las ramas y el feldespato de la piedra, si al ver la huella de las ráfagas de viento en la tierra y en la montaña los cristales de nieve perpetua veo todo eso separado y sin un río común, entonces sé que tú ya no estás en mí.

Él le dijo:

Es cuando la piel que me das migra a una tierra irrecuperable, anterior al Gran Apagón.

Lo habitual es que cuando dos personas, y cada una en su asiento, se acomodan y se ajustan el cinturón de seguridad y arrancan el coche para emprender juntas un largo viaje, nunca se digan «buen viaje». Lo mismo ocurre con dos personas que emprenden juntas un trayecto en avión. Sin embargo, la gente, cuando se va a la cama, antes de apagar la luz acostumbra a decirse «buenas noches», y pareciera entonces que el dormido fuese a un lugar separado completamente del mundo. Dormir es el viaje a un territorio sin posibilidad de ser pisado por nadie más que el que sueña; el deseo de «buen viaje» cobra así en él pleno sentido. De ahí que en la vigilia los amantes se toquen, se besen y se penetren. Vano intento de extraer, experimentar y comprender todo lo que en la noche, en silencio y con los ojos cerrados, el uno construyó en un lugar para siempre inaccesible al otro. *(Amor viaje)*

Él le dijo:

Muchas tardes de lluvia que no cesa, cojo un lápiz y una hoja y con mi mano derecha dibujo mi mano izquierda. Termina por aparecer una mano horrible, una mano mía que ni yo mismo puedo contemplar sin repulsión. Otras veces, en la distancia del comedor, cuando tú estás sentada y distraída, es tu mano izquierda la que dibujo y me sale perfecta, no creo que ningún gran dibujante pudiera ponerle una sola pega a esa mano.

Ella le dijo:

Y, sin embargo, si colocas un dibujo al lado de otro, ambas manos son la misma mano.

Pasa páginas de la enciclopedia Espasa-Calpe con tanta rapidez que una hoja se rompe. Lo hace exactamente en la entrada *Capitalismo*. La enciclopedia se queda con *Capit*, y entre sus dedos el trozo de hoja rota dice *alismo*. Pega ese trozo con cinta adhesiva, cierra el volumen y vuelve a colocarlo en la estantería. Cuarenta años más tarde regresa a la casa familiar, coge un tomo al azar y cae de nuevo en aquella hoja rota. El pegamento de la cinta adhesiva, fundido con la celulosa, ha dado origen a una aceitosa materia amarilla, casi marrón, que transparenta la página de atrás. Anverso y reverso de *Capitalismo* son ahora una sola masa en la que se mezclan las letras de ambos lados; el individuo no sabe qué pensar ante el prodigio obrado por tan humildes materiales; lejos de haberse estropeado, absorbiéndolo todo, la hoja se ha reparado aún más. El así llamado *capitalismo tardío* no es tal. El capitalismo no ha hecho más que empezar. *(Amor capitalismo)*

Ella le dijo:

Voy un momento a por agua, no tardo.

Él le dijo:

Cuando te vas, tan sólo soy un montón de recuerdos unidos a un cuerpo.

A las 23.05 ella le envió un mensaje que tan sólo decía *23.05*. Él lo leyó a las 8.00 del día siguiente, cuando recién levantado consultó el teléfono, y en ese instante le envió a ella uno que decía *8.00*. Ella, minutos más tarde, se atrevió con *8.17*, y él de inmediato con *8.18*. La secuencia de mensajes de horas se sucedió como sinónimo no sólo de mutuo recordatorio y afecto, ni mucho menos de un simple «te amo», sino de «te amo más allá del castillo de dígitos que ordena el tiempo». *(Amor crono)*

Ella le dijo:

> Un cuerpo no sobrevive en un lugar si no es tan elástico como ese lugar.

Él le dijo:

> Hoy busco en ti la más curva de todas las rectas.

El poeta iraní Mohsen Emadi ha escrito estos dos versos: «Nadie recuerda su nacimiento / nadie regresa de la muerte». Podemos interpretar que el primero afirma que nadie recuerda su nacimiento porque, en efecto, hasta que tenemos aproximadamente tres años de edad carecemos de recuerdos, nuestra memoria de ese periodo de vida está, por así decirlo, volcada en la memoria de los demás, en aquellos que nos vieron y que ahora nos relatan cómo fuimos. Después, con los años, vendrá la memoria que cada uno tiene de sí, la memoria propiamente nuestra, la que te consolida en el presente y te proyecta a un futuro. Hasta que llega el fin de tus días, y es ahí cuando hace aparición el segundo verso: «nadie regresa de la muerte», que también merece una exploración. Afirmaba Agustín de Hipona que una vez muertos no tenemos ni idea de cómo fue nuestra muerte, la muerte es un instante en el que —una vez traspasado— ya no estamos en la muerte sino *después* de la muerte, y por lo tanto desde ese *otro lado* no podremos ya ver nada de lo anteriormente vivido. Así, tras morir —y como ocurría cuando éramos muy pequeños—, lo único que existe de nosotros vuelve a ser lo que queda en la memoria de los demás, una historia nuestra que ya no es nuestra. Lo más extraño del asunto es que es en esos dos desconocidos polos de nuestras vidas cuando la gente más dice amarnos. *(Amor polar)*

Él le dijo:

Cuando, el día del Gran Apagón, cogidos de la mano caminábamos por lo que quedaba de las calles, oscuras como una noche de grafito, éramos la nave de huesos y carne más sólida que jamás se haya visto.

Ella le dijo:

Una vez, en un avión, un hombre que se sentó a mi lado me dijo que no hay huesos ni carne, que tan sólo somos sueños que caminan. No le creí.

A las manieristas olas de amor que con cierta periodicidad cubren la cultura Occidental cabe llamarlas *Fiebre de Amor*. Este término, *fiebre de*, nos conecta directamente con la llamada *Fiebre del Oro* que a mediados del siglo XIX arrasó ríos y montañas, fauna y flora y vidas humanas en California, y que, a su vez, es uno de los orígenes de la actual transformación de los espacios naturales sobre los que opera la industria de la minería para levantar las fronteras de la producción de bienes de consumo. No es pues por casualidad que la actual Fiebre de Amor diera comienzo a principios de la década de los setenta del siglo XX, tomando como sentimiento a imitar el estado de ánimo de un grupo de hastiados y aburridos millonarios californianos adictos al espiritismo y a las pseudociencias. *(Amor new age)*

Ella le dijo:

Mi lengua se mueve sobre tus labios como un sol, se curva de este a oeste en tu cuerpo como un sol, es eclipsada por tus cavidades como un sol, en la noche alumbra tu otro hemisferio como un sol, cuando me miras tiembla y calienta como un sol.

Él le dijo:

Es un sol.

El vocablo anglosajón *fax* viene de *facsímil*, y éste a su vez de la voz latina *fac-simile*, que quiere decir «hacer semejante». Pero no es ese *hacer semejante* el mismo que el de las copias de una fotografía, que son exactas e indistinguibles entre sí, ni tampoco es una carta manuscrita copiada, que, por el contrario, debido a las diferentes caligrafías arroja copias totalmente distintas al original. El fax da lugar a una cosa intermedia, y por ello a una copia verdaderamente viva: manteniéndose todo del documento original, siempre hay algo que cambia completamente en la copia final: no es creado un *igual*, sino un *semejante*. Todos hemos tenido documentos faxes en nuestras manos, no creo que sea necesario abundar en esa peculiar teletransportación que al fin y al cabo es el fax. Pero la todavía hoy en estudio teletransportación cuántica, y por motivos que ahora no detallaremos, tiene también algo de fax al no poder construir allí lejos un objeto totalmente igual al original, sino tan sólo crear un objeto *semejante*. Podemos también hablar de una cierta clase de amor real —no utópico—, consistente en hacer nuestro amor semejante al amor de los demás, pero nunca una (imposible) copia exacta, ni mucho menos hacerlo igual a un inexistente Amor Original. *(Amor fax)*

Ella le dijo:

Hay una historia que se me repite, algo que oí cuando era pequeña y que desde entonces me acompaña: se trata de dos personas de diferente sexo, que conversan días y noches, meses y años, hablan sin parar, tanto que no saben cómo sus sexos terminan por intercambiarse.

Él le dijo:

Está ocurriendo. Nos está ocurriendo.

La pareja es música, puede que abstracta o melódica, tonal o atonal, pero siempre es música. A veces una pareja se halla en el fragmento más esplendoroso de su estribillo y atalaya entonces cosas que ninguna otra persona o colectividad podrá jamás divisar. Porque la vida en común, que normalmente es inercia y repetición, de pronto, y sin perder cada cual su individualidad, por una vez funde a los dos en un solo cuerpo y aparecen estados únicos, visionarios, estados en los que la pareja se convierte en un ser mutante, en una especie aparte, que no es animal ni mineral ni vegetal, pero tampoco es todas ellas al mismo tiempo, y en ese momento las visiones que experimenta la pareja son tan insólitas como imbatibles. Después, y como en esos finales de algunas canciones en los discos, en los que la música se va desvaneciendo pero al mismo tiempo sus acordes alcanzan una inusitada potencia, todo lo que años atrás eran banalidades y detalles sin trascendencia emerge a la memoria, y es entonces cuando te preguntas qué hermosa basura, qué sumergido zénit, había ya en todo aquello. *(Amor basura)*

Ella le dijo:

El aire de este valle está lleno de llaves y cerraduras, pero no hay puertas.

Él le dijo:

Nosotros somos las puertas.

Hay un aparato electrónico con nombre propio, Alexa. Tiene forma cilíndrica, no es más grande que un bote de tomate, se conecta a la red wifi doméstica y tras unos sencillos ajustes Alexa está preparada para que la sometas a toda clase de preguntas. Responde con una diligencia de titana, pero reclama una única condición: cada vez que te dirijas a ella has de comenzar tu petición con su nombre. Le dices: «ponme una canción del disco *Vinícius de Moraes en La Fusa*», y Alexa no hace nada. Le dices: «Alexa, ponme una canción del disco *Vinícius de Moraes en La Fusa*», y ella, tras iluminar su anillo de luz azul, despierta y responde: «por supuesto, es cuestión de segundos», y a través de sus bafles —toda Alexa es un bafle—, comienza a sonar la canción. Su precisión llega a tal punto que puedes pedirle una canción concreta de una edición concreta, o que busque un abogado matrimonial en tu ciudad, o que detalle qué tipos de jamón están en ese instante de oferta en cualquier supermercado. Si se te ocurre preguntarle «Alexa, qué día naciste», ella contesta una fecha de este siglo que a ti no te dice nada pero que por su voz percibes que está cargada de recuerdos de infancia. Y a todo eso te acostumbras muy rápido; al fin y al cabo también los personajes de las películas y los locutores de televisión son aparatos que te hablan a ti y solamente a ti; los electrodomésticos llevan décadas hablándonos. El verdadero momento de extrañamiento, y probablemente de humana promesa, es cuando le haces una pregunta y su anillo de luz azul comienza a parpadear pero no responde. Alexa está ahí, de cuerpo presente, te oye y te escucha, pero decide guardar silencio. *(Amor azul)*

Ella le dijo:

> Cuando estando tú en la cocina y yo en el dormitorio nos hablamos sin vernos las caras, a medida que pasan los minutos comienzo a sentir tu voz emerger de la cara de mis anteriores amantes.

Él le dijo:

> No tenemos rostro, el rostro es una ilusión, una estrella que por capricho aparece y desaparece varias veces al día.

Se halla muy extendida la idea de que las diversas desapariciones de pueblos y civilizaciones producidas a lo largo de la Historia son debidas a las conquistas y colonizaciones de Occidente. Pero ese motivo comparte veracidad con otro no menos importante, la depredación que cada cultura lleva a cabo de sus propios recursos naturales, de sus especies vegetales y sus animales potencialmente domesticables. La sociedad de la Isla de Pascua, el pueblo anasazi en el suroeste de Estados Unidos, la tribu yuppy neoyorquina de los años ochenta del siglo XX y más tarde la hípster del siglo XXI, la cultura vikinga en Groenlandia, la maya en Centroamérica o el Estado del Bienestar Occidental son claros ejemplos de ello. De modo que el siempre amenazante y tramposo *amor al prójimo —leitmotiv* de origen cristiano, que, como es sabido, está en la base de toda conquista llevada a cabo por Occidente— ha de combinarse con ese otro fenómeno de autodepredación al cual la antropología moderna aún no ha podido dar satisfactoria respuesta en tanto que es contrario a todo principio de supervivencia, y al que podemos llamar *amor al superpró-*

jimo: amor a lo tan cercano que no hay distancia que pueda identificarlo como algo útil para tu bienestar, sino como desecho, excremento de ti mismo, que has de tirar. En este sentido, también es aceptable la nominación de *amor excremento*. *(Amor superprójimo)*

Él le dijo:

En tu pecho hay dos puntos del color de la tierra, que la temperatura de fuera hace crecer o retraerse.

Ella le dijo:

No hay más temperatura que tú.

Eso que llamamos *poesía* consiste en hacer emerger al habla una parte de la lengua que hasta ese momento nadie conocía. Es por eso que el niño, antes de comenzar a hablar, es un extranjero en el mundo de los adultos, pertenece a una especie distinta —ningún niño es todavía propiamente un humano social—, y el momento en el que balbucea sus primeras palabras no puede ser sino el instante fundacional de la poesía. También por eso nadie recuerda cuáles fueron las primeras frases salidas de su propia boca: envueltas en una metáfora que aún todo lo nombra, aquellas frases fueron, son y serán salvajes como un leopardo en busca de su antílope, radicales como esa clase de amor que nunca cesa de legislar su propia ley. *(Amor legislación)*

Él le dijo:

Tras el Gran Apagón, después de que el primer pájaro sin nombre viniera a posarse en el alféizar de nuestra ventana, la casa fue tomada por una infusión de oscuridad, algo que se parecía a la sombra pero no lo era. Nuestra cama se agitó esa noche como un pez que, fuera del agua, resucitara todas las cosas.

Ella le dijo:

En el mar está ya toda la nieve del mundo.

Bajo los hogares crecen bosques, el reposo de los cimientos nunca es completo: relaciones contractuales inesperadamente abruptas, llenas de puntos y comas, corchetes y paréntesis, acotaciones y comentarios a pie de página son los hogares. Imposible pasar una sola hoja hacia atrás, ciega obediencia a la rotación de la Tierra. Bajo esta casa crece el bosque de las palabras y los contratos que la cubrirán. Hay un agujero insalvable entre el amor escrito y el amor hablado, en esa profundidad se despeña el pactado y sin embargo inabarcable continente del afecto. También una estrella puede leerse astrofísica o económicamente. *(Amor estrella)*

Él le dijo:

Morimos porque en el instante de nacer se instala en nosotros algo que no es exactamente la muerte pero se le parece demasiado.

Ella le dijo:

Junto a ese terrible miedo a morir y no haber servido para nada nace en mí la dicha de imantar todas las cosas del mundo. Del grafito a la computadora, de la pantera a la copa de champán, de la hormiga a la penumbra, de la arbitraria dimensión de tu pene a los pájaros que sin nombre surcan el cielo sobre nuestras cabezas, todo eso y más tú y yo imantamos. Miniaturas de cielo.

Se viaja para estar en otro lugar, construir escapes, tangentes y anticipaciones. Pero, a su vez, dentro de cada viaje también se está de viaje, nunca llegas allí donde creías haberte dirigido; alcanzar un destino es estar en otro destino. A todos nos ha ocurrido. Conduces por la noche y los faros del automóvil alumbran un punto al cual aún no has llegado, y cuando llegas todo es oscuridad y las luces ya iluminan otro lugar todavía más lejano. En esa claridad que nunca alcanzas se eleva el castillo —con sus almenas y grutas, sus chimeneas y salas vacías de almas pero no de lágrimas— del monstruo que te haría deseable para los demás. *(Amor diferido)*

Ella le dijo:

Hace un rato, mientras subía el sendero que circunda la montaña de nieves perpetuas, de regreso con las manos vacías en mi intento de cazar animales omnívoros, me dio por pensar que cuando nuestro amor se tuerce pareciera que tu cuerpo nunca hubiese existido, y entonces te hablo y de mi boca sale una lengua extranjera para ti, aunque el resto del mundo la entienda perfectamente.

Él le dijo:

Pero ya no hay resto del mundo. Estamos sólo nosotros.

Venecia (3)

La escritora teclea y teclea, en la mesa hay una bola transparente cuya nieve se eleva sobre la miniatura de Venecia, los copos impactan contra su delgadísimo techo de cristal y al caer cubren calles y tejados. En la habitación de al lado su esposo duerme junto a una gran esfera de vinilo y afuera una tormenta de verano se acerca, todo eso lo hemos dicho, pero lo que no hemos dicho es que, en su recorrido, la bola de cristal ha dibujado erráticas trayectorias y ha ido desplazándose a lo largo y ancho del escritorio, y ahora, en el borde de la mesa, está a punto de precipitarse al suelo, bastarían unos cuantos tecleos sucesivos lo suficientemente enérgicos, quizá una uña rota más, para provocar el temblor que terminase por despeñarla y hacerla estallar en el parquet, pero la escritora no atiende a esa posible caída, ni tan siquiera la considera, con la cabeza sumida en el carro de la máquina teclea sin descanso porque aún no hemos dicho que a su regreso, tras seis meses en Montevideo, al aterrizar ha encontrado una ciudad muy diferente a la que había dejado. El aeropuerto veneciano, desértico, tanto o más que horas antes su homólogo uruguayo; en toda la mañana sólo un taxi vaporeto, en el que tan sólo viaja ella, y las calles y canales, prácticamente vacíos. Ha llegado al palacete y ha subido la garganta de peldaños y sólo entonces ha entendido el porqué de la negativa de su esposo a ir a esperarla al aeropuerto: desaliñadamente vestido para la corrección que él acostumbra, renuente a la mirada y muy delgado, como si prácticamente no hubiera comido en los seis meses de separación, la escritora no ha tardado en interrogarle acerca del motivo de su degradado estado, a lo que él se ha limitado a mirar hacia otro lado y responder con un lacónico «nada, no es nada, ¿qué tal el viaje?». Ella, por no añadir confusión, ha preferido no contarle nada del hombre que en el avión se le ha sentado al lado, «muy bien, el vuelo muy bien, tan sólo unas cuantas turbulencias en el despegue. Por cierto, ¿qué le ocurre a la ciudad?, parece un desierto», comentario al que él tampoco ha reaccionado; ni tan siquiera se inmuta cuando ella extrae de la bolsa la pequeña bola de cristal de Venecia nevada y se la tiende, miniatura que pocos meses atrás le hubiera hecho maravillarse; se limita a dejarla en la bolsa y desaparece tras la puerta del dormitorio. Ha sido entonces cuando ella, siguiéndole, ha entrado en esa estancia —donde él no ha tardado en meterse entre las sábanas—, y ha visto por primera vez la gran esfera de vinilo. En la mesilla de noche reposa iluminada por una lámpara, sobre un improvisado pedestal hecho de pequeños objetos que, puestos de cualquier manera, a ella le han parecido recogidos de la calle o de un basurero. Se aproxima a la esfera, negritud que desprende un calor húmedo; iba a tocarla pero retira la mano antes de rozarla. Tampoco se atreve a preguntar nada. Sólo al tercer día, jornadas que se desenvuelven sin apenas palabras —él cada vez más horas en el dormitorio, tumbado junto a la esfera de vinilo—, y en las que ella, con el propósito de alimentarle, no para de cocinar toda clase de platos exóticos y vulgares, él abre la boca para decir: «ya no haces solamente arroz con ternera cortada en dados», a lo que ella responde «me pongo a hacer las recetas antiguas y me salen solas, como si llevara toda la vida cocinándolas».

Al día siguiente, ella prepara el desayuno cuando él, nada más despertarse, aparece en la cocina, se sienta a observar cómo ella manipula los condimentos, y sin más comienza a decir: «Pues ocurrió que nada más irte a Uruguay, a las pocas semanas de tu ausencia, comencé a sentirme intranquilo. Me invadió un cosquilleo, sobre todo lo notaba por las noches, al principio sólo en piernas y brazos, pero no tardó en extenderse a todo el cuerpo, y después a un cosquilleo mental cuando me metía en la cama y cerraba los ojos, los pensamientos temblaban en mi cabeza, iban y venían sin detenerse, como si a cada fracción de segundo alguien te cambiara el libro que estás leyendo; nada de lo pensado alcanzaba un sentido. A veces me quedaba durante minutos mirando un pájaro picotear algo en la ventana, o la llama azul del fogón de la cocina. Un día me levanté de noche, me senté en el sofá del salón; en la oscuridad todo lo veía gris, pero un gris enriquecido, cada gránulo de oscuridad adquiría un matiz distinto a su contiguo, que me satisfacía porque entonces mi nerviosismo cesaba, incluso el anillo azul de Alexa, que en su latir rompía periódicamente la penumbra, me pacificaba. Pero al mismo tiempo ocurrió que esos días empecé a oír ruidos en el piso de arriba, pasos que me parecieron de una sola persona, y que iban y venían por el pasillo, se desplazaban a la cocina y luego se dirigían al salón o al balcón; creía que nadie vivía ahí, de modo que me inquieté mucho pero no me resistí a la tentación de levantarme algunas noches y seguir esos pasos, caminar lo mismo que esos pies caminaban, ser su espejo de un lado a otro de esta casa hasta que cesaban y, junto con ellos, yo, aquí abajo, regresar a la cama. Esto lo hice durante más de un mes. Al principio me intrigó conocer qué recorridos hacía esa persona, luego me divirtió, un simple juego, y pasado otro mes me cansé, pues ya ningún efecto me producía seguirlos. Y de nuevo comencé a levantarme cada noche para, sentado en el sofá y semidesnudo, pensar en ti, que estabas tan lejos que ya no sentía nada, cualquier unión entre tú y yo parecía acabada, y eso, en lugar de dolerme, me daba exactamente igual. Días en los que también cualquier experiencia diurna, las comidas y el aseo diario incluso, me incomodaban, por no hablar de las salidas a la calle, cada vez menos frecuentes, y cuando salía no era sino para constatar que mi separación con el mundo se agrandaba más y más, y pensaba entonces en la ciudad como en un libro en el que las palabras estuviesen cada vez más separadas, y los espacios en blanco se ensanchasen tanto que cuando llegas a la siguiente palabra ya no recuerdas nada de la anterior y desaparece el sentido de la totalidad, como si se borrara, a tal punto que para intentar recuperarlo me propuse ir a los lugares en los que pocos meses atrás habíamos estado juntos. Un día me puse el abrigo directamente sobre la ropa de andar por casa, lo abotoné hasta el cuello y caminé nuestras mismas rutas. Al principio lo hice a cualquier hora del día, pero semanas más tarde recordé las horas del día en las que tú y yo habíamos hecho tal o cual caminata, e intenté revivirlas, aunque la verdad es que esto no dio resultado del todo. Pasé por donde encontramos en la nieve la camisa blanca con su corazón que latía, e imaginé que en Montevideo la llevarías puesta, veo que aún la llevas, y compré la misma postal de Venecia en blanco y negro, la que a vista de pájaro parece una cadena montañosa, miré muchas veces esa postal intentando buscar en ella algo que ni yo mismo sabía, como cuando una persona odiosa te atrae pero no entiendes por qué la miras y la miras, tanto me obsesioné con esa postal de Venecia hecha cadena montañosa que llegué a aborrecerla. Y cogí la misma góndola que juntos cogimos y navegué las mismas aguas, y llegué por fin a la sede de la Bienal de Arte, frondoso jardín al que tú y yo jamás conseguimos llegar juntos, donde para mi sorpresa encontré los pabellones de cada país tomados por gente de toda procedencia, un espectáculo adaptado a viviendas y ropa colgada en sus fachadas, olores de multitud de comidas que no conozco y mesas y sillas dispersas por los jardines del complejo, y eso no lo comprendí y me fui, caminé incluso hasta barrios en los que tú y yo nunca habíamos estado, trozos de mundo tan silenciosos que parecían haber sido dibujados, e intenté entrar en la plaza de San Marcos pero no pude ni acercarme, hacía días que la total ausencia de olor y de sonidos que antes sólo se sentía dentro y en sus alrededores había comenzado a avanzar hacia los canales próximos, y luego ya en todos los canales de la ciudad, bolsas de ausencia y vacío que iban y venían y los serpenteaban varias veces al día, señales en diferido de algo por llegar, y llegó, vaya si llegó, cada día veía a más gente invidente, signo inequívoco de que habían atravesado alguna de esas bolsas de mundo vaciado, y si aún no eran ciegos se hallaban en proceso de serlo pues no había más que repentinos tropiezos, individuos que sin más se caían a un canal, inexplicables ahogamientos, góndolas y lanchas que chocaban sin aparente motivo, y tuve entonces la certeza de que el único modo de que mis ojos no se vieran afectados por tal ceguera y por tal ausencia de sonidos y de olores era encerrándome aquí, en casa, voluntario confinamiento que me pareció la más sensata de las soluciones, de modo que cerré todas las ventanas y a partir de entonces la entrada de la luz a través de los cristales fue casi lo único que recibí del exterior. Durante por lo menos un mes permanecí paseando por las estancias de esta casa, pidiendo comida una vez por semana a grandes cadenas de comida rápida, las únicas que siguieron funcionando con regularidad pues, según supe luego, tenían una legión de hombres y mujeres de todas las edades y nacionalidades esperando a reponer el puesto del trabajador que se quedaba ciego, los repartidores venían en bicicleta y me dejaban las bolsas en la puerta. Volví a oír los pasos arriba, y cada noche, cuando cesaban y yo terminaba de copiarlos abajo, me sentaba de nuevo en el sofá, justamente donde tú ahora estás sentada, y veía lo que tú ahora estás viendo: la misma mesa con vetas que parecen agua de mar, el mismo ventanal, las mismas cúpulas de San Marcos, las mismas pinceladas de los frescos de la pared, la alfombra que no sé si es persa pero lo parece, veía todo lo que tú estás viendo, pero una noche vi algo más, no te sorprendas si te digo que una madrugada hicieron aparición los hombres vestidos con monos azules, los hombres del sueño, materializados ante mis ojos y con sus grandes cajas de cartón en brazos. Fueron ellos quienes me confirmaron que esas cajas están vacías, y que hacía muchos años que querían llenarlas, llenarlas con algo que al principio no especificaron. Me dijeron que desde siempre buscan pruebas de una extraña infección que muchos años atrás aconteció en las pilas bautismales de Venecia, afectando de muerte a todos los bebés menos a uno, pero que en realidad la búsqueda de esa enfermedad sólo es una excusa, o, más que una excusa, el síntoma de algo mucho más grande, la falta de amor, porque eso era lo que de verdad ellos estaban buscando, recuperar el amor del mundo, carencia que ya se había manifestado más de ochenta años atrás con la citada contaminación del agua bendita de las pilas bautismales de la ciudad, amor que ahora tú y yo podríamos recuperar, me dijeron, porque estaban seguros de que tú y yo tenemos en nuestro poder algo que podría restaurar el amor, devolverle su protagónico papel en el mundo, y es que están seguros de que no estamos en esta casa por casualidad, por ello me pidieron que permanezcamos muy atentos a cualquier cosa o signo que pueda atesorar esa clave, y que volverán pronto para ver si hemos hallado algo que les pueda ayudar, y que me dejaban las cajas aquí para que en caso de yo encontrar algo, lo pusiera dentro, ellos ya se encargarían de recogerlo, eso me dijo el hombre más joven, que parecía hablar por boca de los demás, y ese hombre hizo una pausa y yo desvié la mirada hacia la ventana, amanecía, el sol iluminaba las cúpulas de San Marcos, aún cubiertas de nieve a pesar de ya casi ser primavera, las alas del león alado sobre su columna, ligeramente curvadas en la punta, brillaban como las de un avión que sobrevolase las nubes, y cuando miré de nuevo hacia la puerta habían desaparecido dejando las cajas de cartón junto a la entrada, y tanto miedo sentí que las tiré por la ventana, directamente a las aguas del canal, como ya había hecho con las cajas que habíamos encontrado aquella mañana, el día que te fuiste a Montevideo, y las observé flotar mientras se alejaban canal abajo, el cartón no tardó en deshacerse como hielo bajo el sol, hasta que se fundieron con las aguas, y arriba oí los pasos de siempre y los seguí, iban al lavabo, tras un minuto detenidos, escuché una cisterna, de la que yo también tiré aquí en el nuestro, y regresamos juntos a la habitación, donde me metí en la cama pero no me dormí, me quedé muy quieto pero al mismo tiempo intranquilo, como un ratón en la nieve, tratando de encontrar el corazón de una idea que me ayudase a procesar lo visto y oído. Serían ya las doce de la mañana del día siguiente cuando, sin apenas haber dormido, y aún en la cama, recordé que antes de irte yo te había dicho que para evitar una colisión hay que ir hacia el punto donde se esté desarrollando el accidente, hacia el mismísimo choque, porque todo choque es un evento móvil y cuando llegues allí el accidente ya se habrá desplazado a otro lugar, y ese pensamiento trajo consigo una corazonada, una intuición: debía salir y callejear, pero antes cogí la postal de la ciudad en blanco y negro, la que parece una cadena montañosa, y la quemé, fue un impulso, la acerqué al fogón de la cocina y observé la lenta marea de fuego ascender por calles, iglesias y canales, asistí a cómo la imagen de la ciudad desaparecía para siempre ante mi vista; es raro ver algo que está dejando de verse. Y fue entonces cuando ya con toda claridad supe que debía salir, callejear en busca de una colisión que ni yo mismo sabía cuál era, hallar eso que según los hombres del sueño podría restaurar el amor del mundo. Me duché por primera vez en no sé cuántos días, me vestí con mi ropa habitual y abandoné el palacete con la firme intención de no regresar hasta que hubiera encontrado lo que estaba buscando. En las calles, y con mucha más frecuencia que meses atrás, no vi más que gente con aspecto de deambular, ciudadanos sin propósito, mujeres y hombres que, ensimismados, contaban sus propios pasos, o tropezaban y se venían abajo y se abrían la cabeza. Pasé por delante de la tienda de taxidermia, el leopardo que hacía seis meses me había hipnotizado posaba ya totalmente disecado en el escaparate, y era como si su ojos, muy vivos, ganaran la visión que los humanos por momentos perdían, y seguí mi camino y ni un solo barco ni una góndola navegaban los canales, y salvo las cuatro o cinco franquicias de grandes corporaciones de alimentación hallé todas las tiendas cerradas, así que obligado a no poder coger locomoción náutica callejeé todo el tiempo, nunca me había dado cuenta de lo infinitos que son los caminos en esta ciudad sin los atajos que proporcionan los canales de agua, avancé como quien teclea un texto que nunca se termina y llegué de nuevo hasta la sede de la Bienal de Arte, donde la mezcla de culturas que había visto días atrás se había incrementado, muchas bicicletas de reparto de cadenas de comida se hallaban aparcadas, dibujaban una fila que la vista no abarcaba, supuse que más de uno de esos hombres y mujeres semanas atrás me habían abastecido de víveres, y todos los pabellones llenos de gente, todos menos el de Austria, que, solitario, como si en sus paredes y en su interior se incubara una peste, permanecía intacto al trato humano. Después me entretuve un rato en los jardines comunes, y tampoco hallé en ese lugar la colisión, el accidente, que estaba buscando, y me alejé y continué y más tarde, cansado de tanto serpentear la ciudad vi a lo lejos una tienda con la persiana subida, la primera tienda abierta en todo el día, a la que mis pies se dirigieron como si de un faro se tratara; sólo poco antes de alcanzar su escaparate me di cuenta de que era la tienda de discos a la que tú y yo habíamos ido. Empujé la puerta, que se abrió sin apenas oposición; allí nadie había. Me detuve unos segundos antes de, entre vinilos estabulados en sus cubetas, recorrer los pasillos bajo la misma luz amarillenta de meses atrás. De pronto alguien descorrió una cortina detrás del mostrador; era el hombre que aquella vez me había llevado al sótano de grabación, que viste el mismo traje azul y que, nada más verme, me dice, "pase, le estábamos esperando", y yo, petrificado, no puedo entonces dar un paso ni articular palabra, a lo que él repite, "pase, pase, le estábamos esperando", y al ver que yo no reacciono, continúa: "como quiera, se la traeré yo mismo", y se ausenta un par de minutos y cuando regresa trae entre sus manos una esfera de vinilo, que con sumo cuidado mete en una bolsa, y me dice "es la que usted, cogido fuertemente de mi mano, grabó hace seis meses, considérela un regalo", y me da la bolsa, que pesa muchísimo, casi no puedo con ella, emite calor, un calor húmedo, equivalente al de mi cuerpo, cualquier ciego hubiera dicho que se trataba de una extremidad crecida en mi piel, y me doy media vuelta y me voy, me voy y camino, ahora sí, con el objetivo de regresar aquí, pero cada pocos metros debo detenerme a descansar, el peso de la bolsa puede conmigo, hasta que ya muy entrada la noche llego aquí con la bolsa y su contenido sanos y salvos, e inmediatamente lo extraigo y lo pongo sobre la mesilla de noche, junto a unos cuantos objetos, bagatelas que en mis caminatas había ido recogiendo, y en lo que ha restado de días hasta tu regreso he pasado el tiempo tumbado a su lado, observándola, recibiendo su calor, al principio como si fuera el tuyo, tu calor que me faltaba, pero luego la esfera se expresó por sí misma y es su calor el que busco, esa esfera es una estrella total y completa, el núcleo del amor, que lo expande y concentra sin jamás agotarlo, amor que late y que no sólo llena mis días y mis noches sino también mis sueños; no sé qué haría sin ella. Creí entender entonces que era eso lo que los hombres del sueño buscaban cuando vinieron a visitarme, esta esfera de vinilo, la esfera que lo contiene todo y lo sabe todo acerca del amor, la esfera que puede hacer que el amor universal regrese. Desde entonces, velándola como mejor sé y como mejor puedo, les espero».

Él deja de hablar; su plato de desayuno, intacto en la mesa. Ella hace minutos que ha terminado el suyo y, sin saber qué decir, mira hacia las cristaleras de la sala del fondo; un rayo atraviesa el horizonte, una tormenta se acerca, la primera tormenta de principios de verano. Vuelve a mirar a su esposo y le dice: «¿deshacemos tu esfera y escuchamos esos vinilos?» «No —responde él—, no bastaría una vida para escucharlos, el hombre de la tienda me lo dejó claro.» Ella replica: «Eso no tiene sentido», a lo que él sentencia: «Sí lo tiene, tiene todo el sentido del mundo», y sin más se levanta y regresa a la cama, se tumba, cierra los ojos pero no duerme, siente el calor de la esfera y siente los movimientos de su esposa, que ha ido a la habitación de al lado, cuarto de estudio en el que por primera vez acaba de extraer una máquina de escribir portátil de una carcasa metálica. Minutos más tarde él oirá el tecleo de ella, que se prolongará toda esa mañana, toda esa tarde, toda esa noche, y las mañanas, tardes y noches de los días siguientes en tanto en el cielo no cesan los rayos y los truenos, y han pasado ya varias jornadas y la escritora ha estado tecleando sin parar, y muchas uñas rotas y los rayos de la tormenta se han posicionado sobre la ciudad para descargar sin perdón, y la pequeña bola de cristal de Venecia, que ella misma ha puesto sobre la mesa del escritorio, ha estado yendo y viniendo al son de las teclas hasta alcanzar el extremo del tablero, donde ahora mismo está a punto de despeñarse al parquet, bastaría un solo golpe de tecla para que la nieve volviera a elevarse y un minúsculo copo cayese en la plaza de San Marcos y Venecia se precipitase, pero no, no será ese tecleo lo que provocará su caída sino el timbre de la puerta, que suena, suena en ese instante, un timbre tan potente que hace dar un salto a la escritora en su silla y al mismo tiempo a su esposo en la cama, un timbre tan sísmico que la bola tiembla y, entonces sí, inicia su caída vertical, limpia y sin oposición, y estalla en el suelo y edificios y canales hechos pedazos, y nieve de juguetería esparcida y su techo de cristal hecho añicos, y ella en el escritorio y él en su habitación, paralizados aún por el timbre, no saben qué hacer, es la primera vez que ese timbre suena, dudan, dudan por separado pero saben que si estuvieran juntos también dudarían. Pasados unos minutos se levantan, se aproximan a la puerta, alguien ha metido un papel por debajo, ella se agacha, hay algo manuscrito, lee en voz alta:

«Buenos días. Soy el vecino de arriba. Sólo quería presentarme y saludarlos, ya vendré en otro momento. El embajador».

CUARTA PARTE

Por qué nos asusta la oscuridad si es una ausencia. *(Amor sustracción)*

Ella le dijo:

Tu vida y la mía son infinitas, se cuentan por milenios. El resto de los humanos no entienden esta escala del tiempo.

Él le dijo:

Nuestra misión es datar las edades del amor terrestre.

El amor, como las rocas, puede ser ígneo, metamórfico o sedimentario, por eso los procesos que hacen mutar nuestros sentimientos son los tres que corresponden a tales formaciones rocosas: la cristalización, el metamorfismo y la sedimentación. Fuera de esos límites geológicos, todo amor es imaginario. *(Amor roca)*

Él le dijo:

La vida nos asigna a todos una tarea que nos supera, algo que ni en varias existencias seremos capaces de completar.

Ella le dijo:

Me acuerdo a menudo de los barrenderos, de cómo rejuvenecían las calles.

La familia, por definición, es una sociedad secreta. A veces, y por si eso fuera poco, oculta un secreto, un acontecimiento antiguo y latente en la oscuridad del tiempo generacional, y entonces esa sociedad secreta se vuelve doblemente secreta. El concéntrico anillo del secretismo se triplica cuando la felonía todavía existe. El secreto se manejará entonces como una brasa de uranio que sin reposo fuera pasando de mano en mano hasta borrar las huellas dactilares de cada miembro de la familia, igualándolos a todos en el amor a esa cosa que ya nunca podrá ser nombrada sin su correspondiente juicio y condena, momento en el que tomará la forma de expulsión de la tribu. *(Amor concéntrico)*

Ella le dijo:
    El amor es una fantasía.
Él le dijo:
    Pero una fantasía exacta.

La tecnología, en todas sus variantes pero especialmente desde la aparición de la electrónica y más tarde de las redes sociales, ha experimentado un crecimiento exponencial. Sin embargo, la percepción que los humanos tenemos de nuestro entorno no crece exponencialmente sino que lo hace siempre a un mismo ritmo, linealmente. Tal falta de acompasamiento entre ambos fenómenos indica, en primer lugar, que hace ya muchos años que el avance tecnológico se escapa a nuestra aprehensión del entorno —cada vez menos inmediato y más vasto—, y en segundo lugar que llegará un día, cuando el crecimiento exponencial de la tecnología sea tan ascendente que casi alcance la línea vertical, que ni tan siquiera podamos detectar lo que nos rodea. No habrá entonces percepción humana que pueda asistir a tal cambio; el entorno tecnológico se fugará de nosotros, sin más. Pero esto también indica que el amor —cosa que en el humano aparece súbita e instantáneamente, y que por lo tanto sí que crece de un modo exponencial— será lo único que en su fuga al infinito podrá acompañar a la tecnología. Será entonces el amor el solitario testigo que dé cuenta de los acontecimientos. No es el «Internet de las cosas» lo que nos salvará de la soledad individual sino el amor de las cosas. Puede incluso que por las elementales leyes del contagio vírico el amor se haga tecnología y, viceversa, la tecnología adquiera un halo de pulsión amorosa hasta ahora sólo posible en las espinas de los muslos de las hadas y en los solitarios ojos de los cíclopes. *(Amor exponencial)*

Él le dijo:

> Aquí los muertos a veces tienen hambre y frío.

Ella le dijo:

> Te equivocas. La única función orgánica que los muertos siguen desempeñando es el sexo. Todo lo demás, lo borran.

En los procesos físicos no existe error. No cabe hablar de errores en la formación de una estrella, en la expansión de las ondas electromagnéticas o en la desintegración de un núcleo atómico. Tampoco existen patologías en la física del macrocosmos ni del microcosmos, y cualquier supuesta anomalía de la naturaleza tendrá más tarde o más temprano su encaje en una teoría coherente. No ocurre así en todo cuanto afecta a lo biológico, donde a veces se habla de malformaciones celulares, individuos psíquicamente tarados, genes defectuosos, etcétera. Lo que llamamos *error* es una arbitrariedad de la adjetivación, resultado de una convención cultural disfrazada de necesidad, o, en definitiva, cierta clase de amor defectuoso que una civilización siente hacia sí misma. *(Amor patología)*

Ella le dijo:

> En qué momento inventamos este lenguaje propio, sólo nuestro.

Él respondió:

> El día en que comprendimos la inutilidad de las líneas de la mano, y las líneas de los pies —confusas pero ya totalmente dibujadas— subieron hasta nuestras bocas y ahí se quedaron.

Es común entre los niños desilusionarse cuando descubren que los Reyes Magos no existen, o que la magia del mago tan sólo era un truco. En ese momento el niño aprende algo que jamás olvida: el misterio es una creación del lenguaje, ya sea escrito, visual o gestual, y detrás de ese cuerpo de signos siempre hay una cosa banal y carente de interés. Se puede decir más: los trucos de magia y sus misterios asociados son en sí mismos el lenguaje. El enigma de la piedra Rosetta —que una vez decodificada no anuncia gran cosa— no se halla dentro de la piedra sino en el camino, en la fábula, que hay que recorrer para llegar a descifrarla. Tampoco el misterio de las cámaras de videovigilancia radica en lo que vemos en sus pantallas, que suelen ser banalidades; el misterio lo crea la propia cámara. Por eso incluso la más inocente y vulgar imagen vista a través de esas pantallas —una flor que se abre al amanecer, el apretón de manos entre dos amigos, una mujer que tira la bolsa de basura al contenedor o el nacimiento de un potrillo—, como por arte de magia se convierte en un acontecimiento turbio, sórdido y objeto de alguna sospecha. Sólo hay una excepción a esta regla: la persona amada es el único lenguaje que nunca puede ser decodificado, la única zona del mundo donde coinciden realidad y magia. *(Amor código)*

Él le dijo:

> Contigo he aprendido que el beso es la única actividad humana en la que se expulsa aire al mismo tiempo que se toma aire de otra persona.

Ella dijo:

> No hay mayor misterio material que la unión de dos bocas.

El único procedimiento posible para entrar dentro de ti mismo es ir al estanque más cercano —también sirve una piscina—, situarse en el borde y, cuando no haya corriente de aire que pueda deformarlo, lanzarte contra tu propio reflejo. Pero ocurre que justo antes de tocar el agua, el aire generado por tu cuerpo en movimiento deformará tu imagen reflejada, que ya será distinta a la que instantes antes te miraba, así que ese método no funciona del todo. La variante opuesta es la del suicida: una vez se ha tirado al precipicio, cae pero se eleva, siente que sube al encuentro de su reflejo, sublimado allí arriba, reflejo que finalmente tampoco nunca encuentra. Alguien exactamente igual a nosotros nos grita desde muchos lugares, inaccesibles todos. *(Amor Narciso)*

Él le dijo:

> Creo que algunas cosas de las que ahora vemos ya estaban antes del Gran Apagón.

Ella le dijo:

> El pasado es la única parte de la vida que permanece. El pasado está bendecido. Cada persona es una forma sagrada, un altar que camina.

El Amor Global no existe, fantasiosa extrapolación de cosas que sí existen, tales como Mercado Global,

Calentamiento Global, Red Global, Migración Global, etc. *(Amor Global)*

Él le dijo:

> Este valle que parte de la casa y se pierde entre montañas nevadas parece las mandíbulas de una serpiente, que para recibir la presa se abren hasta la extenuación antes de dislocarse completamente.

Ella dijo:

> Mi sexo lleva mil años haciendo eso mismo para ti. No veo en ello contratiempo alguno.

La diferencia entre leer y estudiar es que quien estudia, subraya. Subrayar nada tiene que ver con leer, más bien con intervenir, reescribir lo que nos ha sido dado sin traicionar la originalidad de lo dado. El amor sólo se concibe desde ese subrayado: amar es acometer la reescritura del otro. También los vientos y la arena golpean las costas y reescriben en polvo cuanto en las ciudades se tenía por seguro y terminado. *(Amor subrayado)*

Ella le dijo:

Una vez un hombre me dijo que la única manera de crear duplicaciones es quemar retratos y fotografías de las cosas.

Él le dijo:

El propio núcleo de la Tierra o las estrellas no son otra cosa que perpetuas hogueras.

Thelonious Monk: «Siempre es de noche. Si no, no necesitaríamos la luz». *(Amor negro)*

Ella le dijo:

Allí a donde vas cuando te acuestas y sueñas das nombre a las cosas de ese otro lado, mientras que todo lo que has abandonado en el lugar de los despiertos deja de crecer por falta de luz.

Él le dijo:

Incluso el reloj despertador se detiene.

Los errores, extendidos socialmente, no sólo resultan cómodos sino útiles para conservar la paz, porque son inatacables. Cuando un error se configura en sistema da lugar a una ideología, definición de lo que ya no se cuestiona a sí mismo. Al cambiar *error* por *amor* se obtiene el mismo resultado. *(Amor error)*

Él le dijo:

Hace unos meses —si es que de tiempo se puede hablar—, mientras iba a ver los renacuajos del río, justo antes de llegar a ese último vestigio de acera que por igual siempre nos hace gracia y nos aterra, me encontré a un hombre que me miraba y caminaba como si fuera sobre una nube, o sobre una legión de escarabajos, que le transportaran. Parecía ya tener un cuerpo en el otro lado.

Ella le dijo:

En el otro lado todas las lenguas son lenguas muertas. Deja que ese hombre se vaya y no vuelva.

En las antiguas películas documentales, originalmente en blanco y negro y luego coloreadas, acostumbran a ser pintados principalmente los rostros y las vestimentas, los vehículos y los edificios, así como la más llamativa masa boscosa, pero los artesanos de esos pinceles siempre dejan sin colorear algo del fotograma, una trama en blanco y negro convertida ahora en un plano de realidad remota, verdadero Tiempo Profundo en lo que hasta ese momento se presentaba como un homogéneo Tiempo Histórico. Cuando miras una de esas películas sientes que, paradójicamente, es ese paisaje que fue dejado en blanco y negro lo que le aporta el estatuto de verosimilitud a la nueva escena en color. Tampoco el amor admite coloreados a posteriori. El amor ni tan siquiera es en blanco y negro, está mucho más allá de tales diferencias tonales; es puramente negro o no es. El amor es un objeto al que le ocurre lo mismo que a las entrañas de nuestros cuerpos, vísceras que sólo funcionan correctamente si nunca han sido buscadas por el bisturí, si —absolutamente oscuras— nunca han sido tocadas por la luz. *(Amor víscera)*

Él le dijo:

Amada mía, los cantos rodados del río a veces caminan hacia atrás y no llevan dentro un cangrejo. En la oscuridad brilla una luciérnaga con más intensidad que un fotón de luz solar. En cada cosa siempre vive la sombra de otra que la iguala o supera.

Ella le dijo:

Te lo dije, en el mar ya estaba toda la nieve. Cada persona es un altar que camina. La temperatura que dilata mis pezones eres tú, espejismo de lo que parece recto en este mundo curvo.

En la misma semilla de un problema —es ley—, necesariamente crece su solución, que más tarde también será un problema, y así sucesivamente. *(Amor no homeópata)*

Él le dijo:

Formamos un binomio que embruja el alma de las cosas.

Ella le dijo:

En lo más profundo de la noche, los objetos que nos rodean —incluso el espacio mismo— se vuelven luminiscentes. No hay mayor brujería que ésa.

Que es ésta una época dominada por el pensamiento mágico lo demuestra el hecho cierto de que las personas cada vez distinguen menos lo metafórico de lo real; se asume la metáfora como una certeza, en su estricta literalidad. No es que las metáforas no sean ciertas, y ni mucho menos que no sean reales —como poco, son tan reales como un teorema—, sino que pertenecen a otra naturaleza, la naturaleza de las analogías, figuras que aun teniendo que ver con lo que acostumbramos a llamar *la realidad*, fundan otra distinta: la madurez de un intelecto que ve relaciones entre cosas sin llegar a confundirlas en una sola cosa. Es común que, en toda época de pensamiento mágico, el amor, lo único que no es metáfora de nada, lo único que es materia bruta y primaria del mundo, lo único que de poder ser visto nos haría temblar de puro miedo, se halle más que nunca sujeto a las ensoñaciones de poemas y telefilmes, de política y de mercados. Pero hay algo más: si damos por cierto (como así es) que sólo el humano entiende lo que es una *representación de la realidad* (el perro no distingue la diferencia de estatutos de realidad que hay entre el árbol y la foto del árbol, para el perro ambas cosas están en el mismo plano de representación), entonces sólo el humano comprende qué es una metáfora, justo lo contrario a lo que ocurre en tiempos de pensamiento mágico, tiempos que por ello mutan en tiempos propios del animal. Pero hay algo más incluso: si el animal no distingue entre el árbol y la foto del árbol es únicamente el humano quien entre ese árbol y su fotografía detecta lo que podemos llamar un *retardo* en la percepción de ambas cosas, una diferencia, un vértigo de naturaleza parecida al que existe entre el número de magia y su truco, entre el personaje y el actor real. La física helena lo sabía, y Newton también, pero no fue hasta la llegada de Einstein que pudo demostrarse que una causa y su efecto no son instantáneos, que entre la causa y su efecto ha de mediar siempre un tiempo de interacción, un *retardo*, y que ninguna línea que conecte cualesquiera acontecimientos jamás podrá ser más rápida que la luz. También aquel *retardo* humano y sólo humano que nos permite distinguir la realidad de la metáfora, el árbol de la fotografía del árbol, es una línea de luz máxima que sumerge al pensamiento mágico en un truco barato. Bien, ése y no otro vértigo producido por el retardo es el amor; pero el amor de lo real. *(Amor retardo)*

Él le dijo:

En aquellos meses de ausencia he visto amarse a gente que ya no se ama, he visto la bola del sol decaer en una sucia penumbra, he vivido jornadas sujetas al tiempo sistemático del bótox terrestre, y naves celestes que anunciaban su llegada y no llegaban sino paganos convertidos a religiones que adoran al oro y a las bestias, también he caminado calles solitarias cuando la gente dormía y era atravesar un desierto poblado de sueños. Algunas veces, dentro de uno de esos sueños de gente extraña, de pronto aparecías tú.

Ella le dijo:

En tu ausencia no he dejado de pensar en ti. Tu

imagen no me ha abandonado ni un solo momento. Eres la totalidad de cuanto conozco.

El gusto no es una cuestión estética, ni mucho menos una pose, se trata de un mecanismo de supervivencia, principalmente contra las cosas de sabor amargo, sabor que el cuerpo entiende como potencialmente venenoso. El amor es la suprema potencia del gusto. *(Amor gusto)*

Ella le dijo:

Cuando durante el día nos encerramos en el dormitorio y bajamos las persianas hasta que no entra ni un haz de claridad, creamos una oscuridad artificial tan oscura que nuestros cuerpos brillan por sí mismos.

Él le dijo:

Es cuando toda la información del mundo se halla contenida en ti y en mí. Sin vergüenza la emitimos.

Contrariamente a la creencia popular, es en nuestra cotidianidad cuando llevamos puesto un disfraz, una máscara. Por el contrario, es en el supuesto travestismo donde emerge nuestro más secreto y primordial yo, lo que realmente querríamos ser y no podemos. En los bailes de disfraces la única persona que va disfrazada es, pues, la que no lleva disfraz. Se acostumbra a decir que las ficciones se han inventado para vivir otras vidas, experimentar todo lo que no somos y nunca seremos, pero nada más lejos de la realidad. Es imposible matar en una novela o ser Atila en una película sin previamente no haber deseado matar o tiranizar a alguien tal como lo hizo Atila. La ficción no oculta las cosas; por el contrario, las hace emerger tal como son. Sólo el amor se salta esta norma, le quitas la máscara y siempre encuentras otra, que es la misma, su identidad es la del infinito desvelamiento de lo idéntico. Así las cosas, toda discusión de pareja termina en tablas o no es pareja. *(Amor máscara)*

Ella le dijo:
    Amar a alguien es admitir que en esa persona
    también hay algo que te da miedo.
Él le dijo:
    Sin embargo, contigo no tiemblo.

La arena, por su uso en toda clase de construcciones, es uno de los bienes más preciados del planeta.

Pero la arena de playa no puede ser usada para edificar. El motivo de tal anomalía es de orden físico: los granos de arena de playa son de contorno redondeado, carecen de aristas, vistos con lupa son como piedras de río, así que cuando se combinan con el polvo de cemento apenas hay rozamiento entre los dos materiales, no ligan, no emulsionan, como lágrimas cae la arena al fondo de la mezcla. Para obtener cemento se necesitan granos de arena provenientes de canteras, arena recién triturada, de contorno áspero, provista de aristas y picos, rugosidad que le dé resistencia para no precipitarse. Esto que acabamos de decir cualquiera podría convertirlo en metáfora de multitud de cosas. Sin ir más lejos, de los conflictos entre los Estados (cemento) y sus ciudadanos (granos de arena). O del amor. Es tan fácil que ni merece la pena. *(Amor arena)*

Él le dijo:

Este brillo nuestro dura un instante y desaparece, jamás regresa. Somos lo sólo visto una vez, ni nombre aún tenemos.

Ella respondió:

Pero qué hay de las escamas de tu piel cuando te lamo, y de las gotas de orina de mi sexo cuando hundes tu rostro y lo habitas hasta que me deshago, qué hay de todo eso si son cosas

que por los siglos de los siglos constituirán
nuestro legado, nuestro eco en la Tierra.

De entre las múltiples estrategias de enfrentamiento y guerra encontramos la de adoptar la misma táctica —exactamente la misma— que el enemigo. Así fue cómo en 2002 la joven ajedrecista Judit Polgár ganó al consagrado Kaspárov; imitándolo. El genio del ajedrez no sólo no habría soportado la presión de jugar contra una mujer en el escenario altamente machista que era entonces ese deporte, sino que comprobó que no hay mayor condena que competir contra alguien que replica tus tácticas y movimientos; no es posible vencerte a ti mismo. Hace años tuve un sueño nocturno que consistía en que alguien me perseguía, y en mi huida me aproximaba a una casa de campo y me veía reflejado en su puerta principal, que era de cristal. Cuando llegaba y giraba el picaporte me percataba de que aquello no era mi reflejo sino mi perseguidor, quien, al otro lado del cristal y disfrazado de mí, no sólo me miraba sino que como si de un espejo se tratara copiaba mis gestos. Lógicamente —en los sueños de pronto suele irrumpir la lógica, aunque casi siempre en nuestra contra—, de inmediato y sin esfuerzo el individuo me dio caza. Con la inmensa cantidad de datos que de nosotros mismos guardamos en la Nube y en los miles de discos duros repartidos por el planeta, una vez hayamos muerto podría reconstruirse una versión muy aproximada de nosotros. Selfies, mensajes de audio, gestualidad en los vídeos y una pléyade de detalles archivados que detallan nuestra personalidad serían agrupados y procesados para construirnos como convincente holograma de nosotros mismos, y entonces, ya confiados, morir en el abrazo de ese fuego amigo que nos suplanta. Pero aunque los arquetipos son constantes, toda constante contiene también sus divergencias, sus variaciones, y el amor no iba a ser menos. Los afectos derivados del amor son apabullantemente egoístas y reflexivos, los cuerpos de los amantes no buscan al otro ni pretenden aprender cómo es el otro sino que se buscan a sí mismos en el otro, quien entonces pasa a ser una herramienta, un instrumento a fin de consumar tal autismo. Así es cómo, en la lógica del espejo, los amantes tarde o temprano se destruyen buscándose cada cual a sí mismo. *(Amor metadato)*

Él le dijo:

La última línea de alta tensión que vi fue la que había junto al canal. El viento había unido sus cables en un punto intermedio, enredo que creó ante mis ojos un gran nudo que tenía la forma exacta de tu sexo. El viento agitaba los cables, el Gran Apagón acababa de dar comienzo, y yo miraba ese nudo tuyo bañado por la lluvia y el fuego.

Ella le dijo:

No lo recuerdo. Pero si tú lo dices, lo recuerdo.

El azul es uno de los colores que el cerebro más tiempo tarda en identificar; hasta los cuatro años de edad no es común tenerlo conceptualizado. El motivo no es otro que su escasa existencia en la naturaleza. El mar, visto en conjunto, es azul, pero un vaso de agua de mar nada tiene de azul. Lo mismo le ocurre al cielo: nunca es azul un trozo de aire retenido entre nuestras manos. Que al observar la Tierra desde una estación espacial podamos decir que vivimos en un planeta azul y no en un planeta verde, gris, rosa o marrón indica que, vista a gran escala, la envolvente cromática de la Tierra —es decir, la media estadística de la colectividad de los colores terrestres, combinada con las diferentes densidades de la atmósfera— arroja un resultado que cuando es visto a pequeña escala, es invisible, no existe. Se trata de una verdadera *aparición* de un color fruto de la interacción de la luz solar y la global atmósfera. De ahí que esa rama de la matemática llamada *estadística* sea la más fantasiosa y al mismo tiempo realista versión de la realidad. Tal efecto también se da en el amor.

Cuando hay una gran masa de gente —un partido de fútbol, un concierto, un mitin político, una congregación religiosa—, emerge de pronto cierta unión entre todos y cada uno de los integrantes, unos especiales afectos que antes no existían, y a los que podemos llamar *amor estadístico*, amor que desaparece cuando tomamos a dos personas por separado, por ejemplo una pareja en su ámbito doméstico, cuyos afectos son siempre de otra distinta y radical naturaleza. Un error o malentendido común a este respecto se da en las redes sociales digitales. Cuando Facebook nos indica que un usuario es nuestro amigo se está refiriendo a aquella amistad estadística, aquel amor estadístico, que existe, sí, pero que resultará ilusorio si por *amigo* entendemos el lazo entre dos personas. El amor de pareja rechaza, por definición, todo intento de ser extendido a virtudes y comportamientos colectivos. Una historia: dentro de pocos meses se celebrará una multitudinaria manifestación en las calles de una ciudad, y un matrimonio, hombre y mujer, están de acuerdo con la causa que anima la protesta, pero la mujer, de carácter más tímido y reservado que él, no se siente cómoda entre las multitudes y decide no ir. No obstante, por amor a su marido, elige ser ella quien confeccione las pancartas. Compra grandes telas, que durante un mes cose y pinta con las consignas establecidas. Y no sabe —no puede saberlo— que cuando se las dé a su esposo para que éste y sus afines las enarbolen ciudad adentro, ese amor de pareja por el que día y noche ella ha estado cosiendo telas y roturando eslóganes, ese amor de pareja por el que se habrá dejado los ojos y las uñas en cada puntada de pancarta y en cada letra de bandera, estará siendo en ese instante puntual y exactamente destruido por el amor estadístico, el amor colectivo en el que se halla sumergido su esposo, marea humana que le lleva y de la que —él tampoco lo sabe— ya jamás regresará. *(Amor azul)*

Ella le dijo:

> Hace muchos años, cuando comenzamos a vivir en esta casa y por las mañanas te levantabas y salías a buscar agua a la fuente del camino de atrás, yo te decía que me quedaba en la cama, pero no era así. En tu ausencia miraba las arrugas de las sábanas, que aún dibujaban tu silueta. A tu regreso te oía abrir la puerta y tu cuerpo desaparecía, las arrugas volvían a ser arrugas y la sábana, sábana.

Él le dijo:

> También en la fuente del camino yo veía el agua manar con diversas formas. Ahora y sólo ahora me doy cuenta de que también eran arrugas, las tuyas.

La duda que nos ronda es siempre la misma: qué pensarán de nosotros y de nuestras vidas los personajes de las películas. Lo mismo nos ocurre con los sueños nocturnos: qué ocurriría si desde el interior de un sueño alguien pudiera vernos. Y lo mismo ocurre también con las utopías, que por ese mismo motivo nunca son realizables: su naturaleza es la misma que la del cine y la del sueño nocturno: nadie desde el interior de una utopía puede vernos, nadie desde dentro de una utopía puede percibir los esfuerzos que para conseguirla los humanos llevamos a cabo. Pero tampoco nosotros podemos ver a los que están allí dentro. Si pensamos el amor en estos términos, advertimos que es exactamente lo opuesto a la utopía. El amor se presenta reversible a la vista o no se presenta, se trata de una visión de ida y vuelta, su destino natural es que la persona amada pueda vernos desde su lado en la misma medida en que nosotros la vemos a ella desde el nuestro. Pero —me pregunto— qué acto de amor al mercado global, qué clase de utopía perfectamente resuelta, pone en movimiento un joven que junto a la plaza de San Marcos de Venecia mata a un turista para robarle su teléfono móvil. *(Amor utopía de mercado)*

Él le dijo:

Una glotonería conduce sistemáticamente mi boca a tu sexo.

Ella dijo:

Lo radical del horizonte no es que nunca se alcance, sino que nunca está quieto.

La ventana, desde el punto de vista constructivo, es fuente de luz: quitar filtros. La ventana, desde el punto de vista de la experiencia de quien habita la casa, es un modo de mirar afuera: poner filtros. Forma parte de la arquitectura solucionar esa contradicción. Hay una tercera función, no contemplada ni por las técnicas constructivas ni por el habitante de la casa: la mirada de quien se acerca y, desde el jardín, espía: el voyeur, el amante, el cotilla, la retirada de todo filtro existente. Se trata de un amor-violencia. Es ahí donde la arquitectura carece de soluciones constructivas, donde el habitante de la casa, sin lenguaje aún que lo ampare, se expresará como un recién nacido. *(Amor sin arquitectura)*

Ella le dijo:

Del lugar más al fondo del valle, de allí a donde nunca hemos ido porque es donde nace el río y tú y yo odiamos todo lo que brota de la tierra sin precio ni porqué, llegan unas vibraciones de una longitud de onda tan pequeña que sólo yo las siento. Como un segundo corazón, bajo mi camisa blanca golpean mi pecho.

Él le dijo:

Es el canto, sincronizado, de cuantos nos han dejado.

Así como existen espacios sin identidad —aeropuertos, autopistas, centros comerciales—, a los que la sociología y el urbanismo han llamado *no-lugares*, podemos pensar la existencia de los *no-objetos*. Pero al contrario que los no-lugares, los no-objetos no serían objetos sin identidad, no serían cosas tan desprovistas de personalidad que parecieran no querer existir; por el contrario, podemos imaginar los no-objetos como objetos que *existen demasiado*, tan cargados de sentidos, tan múltiples en sus decoraciones, formas y contenidos, que todos sus significados colisionan entre sí para anularse y crear un objeto no sólo único sino absolutamente vacío. Vacío por exceso, no por defecto. El amor es, por excelencia, el supremo no-objeto. *(Amor no-objeto)*

Él le dijo:

Se habla mucho de las líneas de la mano, de nuestros destinos dibujados en ellas, pero nunca de las líneas de los pies, verdaderas artífices del camino.

Ella le dijo:

Un gorro de niebla se ha posado en la cima de la montaña, no se distingue de la nieve. Un pájaro sin nombre ha atravesado esa niebla y esa nieve. Acabo de verlo desde la ventana, se parece al primer pájaro que tras el Gran Apagón se posó en el alféizar de nuestra ventana. Creo que ya es hora de darle un nombre a ese pájaro.

Del mito de la acción a distancia newtoniana, a la no menos mitológica imagen de la mariposa que aletea en la India y desencadena una tormenta en Nueva York, así es nuestra ancestral fe en la magia. O pensar que cualquier muerte natural es un asesinato que alguien comete. O el desamor de pareja, asesinato de un tercero que nos ronda pero nunca vemos. *(Amor distancia)*

Él le dijo:

Se camina hacia el hueso que en mis costillas perdí, hacia pájaros extraviados, hacia un desierto de mentiras emparedadas.

Ella le dijo:

También en el Origen había la oscuridad de un

vientre, y luego un llanto y lágrimas al contacto con la luz. Por eso las lágrimas y la luz son hermanas.

Venecia (4)

Habíamos dejado a la pareja con un papel entre las manos:

«Buenos días. Soy el vecino de arriba. Sólo quería presentarme y saludarlos, ya vendré en otro momento. El embajador»,

nota manuscrita que la escritora termina de leer en voz alta. Él dice: «Subamos a presentarnos», a lo que ella, inquieta, se niega en redondo. Él la interroga por tal negativa y ella, sin dar explicación, vuelve a decir que no. En el piso de arriba comienzan a oírse pasos que avanzan hasta la cocina y dan media vuelta y regresan por el pasillo hasta la puerta de la calle. La escritora y él se dirigen al salón. Observan la ciudad a través de los ventanales, de suficiente amplitud como para ver nuevas tormentas acercarse en el horizonte. Casi no hay gente en las calles, los edificios se hallan tomados por una oscuridad propia del liquen o la roca granítica, muy diferente a la blanca piedra caliza con que ha sido construida Venecia. Comentan la forma de los canales, ligeramente torcidos hacia el este unos, un poco achatados otros.

Con la vista siguen un transatlántico que abandona el puerto, «probablemente sea el último que lo haga», dice él. Ella no tarda en preguntar: «¿cómo se dice *transatlántico* en latín?». «No se puede. Cuando se inventó el latín aún nadie había inventado los transatlánticos.» «Ahora habrá que inventar una palabra para su ausencia», sentencia ella.

Esa misma tarde, por primera vez en muchas semanas salen a la calle. No sólo no ven ni una sola góndola amarrada a las estacas de los embarcaderos, sino tampoco ningún barco en los canales, vacíos de cualquier cosa que no sea agua. Los ocasionales transeúntes tantean las paredes guiados por el recuerdo que tienen de las calles. Una mujer de sofisticada vestimenta, ayudada de un bastón que tiene la inscripción *recuerdo de Venecia*, sin duda cogido de una tienda de souvenires abandonada, camina dibujando eses en tanto golpea el suelo con la punta. Él dice «ya en nada se diferencian estas personas de sus sombras, también ciegas. Son la misma cosa». Tomados por un súbito temor a tales sombras, que en su imaginación de repente son auténticos dobles vivos de los cuerpos, no caminan mucho más esa tarde. Por la noche, mientras cenan las pocas provisiones que quedan en el congelador, intentan buscar una explicación a ese repentino miedo infundido por las sombras humanas. Tras darle muchas vueltas llegan a la conclusión de que, como si de unos vasos comunicantes se tratara, todo cuanto nuestro cuerpo posee es en todo momento repartido entre el cuerpo y su sombra; si alguien se queda manco, esa mano no desparece, es ganada por su sombra; si a alguien le es extirpada la vesícula, ésta no se pierde, es ganada por su sombra; si alguien se queda ciego, también es su sombra quien obtiene los ojos sanos, dotada así de vista para siempre. Esta inverosímil explicación les satisface lo suficiente como para pasar la tarde tranquilos. Ella se sienta a descansar mientras él tiene un antojo, algo que nunca suele hacer, curiosear en el estudio de ella. Sobre la mesa de escritorio, a la derecha de la máquina, ve un lote de hojas mecanografiadas, las pasa al vuelo; cientos de breves párrafos que tratan de un único tema, el amor, corren ante sus ojos. Antes de abandonar el cuarto observaba la miniatura de Venecia, en el suelo y deshecha en unos añicos, que aún ninguno de los dos ha barrido, cuando suena el timbre. Cada cual da un salto. Se quedan muy quietos. Pasado un minuto se acercan a la puerta, alguien ha deslizado una nota por la ranura, ella la coge, lee en voz alta:

«Buenas noches. Soy el vecino de arriba de nuevo. Sólo quería presentarme y saludarlos, vendré en otro momento. El embajador».

Él propone de nuevo ir a visitarlo inmediatamente, presentarse en su puerta. Ella vuelve a negarse, se niega incluso con más determinación que la primera vez.

Al día siguiente, ella le dice que quiere ir a las antiguas dependencias de la Bienal de Venecia, ver eso que él le ha contado de los pabellones de las principales naciones del mundo tomados por gente de toda clase y procedencia. Él no ve problema alguno, si bien le advierte que, sin medio de locomoción acuática, el camino será largo, y además hay que evitar las zonas de la ciudad tomadas por las ya inmensas bolsas de ausencia de olores y sonidos. Lo planean todo para salir al amanecer del día siguiente, tiempo suficiente para poder estar de vuelta en el palacete antes de que caiga la noche. Aprovisionados de un par de botellas de agua y comida ligera pero muy energética, frutos secos, dátiles y chocolate, parten a las seis de la madrugada. Hace frío, al principio caminan sueltos, no tardan en cogerse de la mano. Asisten sin detenerse a la completa salida del sol, luz que apenas calienta la superficie de sus abrigos, muy humedecidos. Excepto las de los edificios y las suyas propias, ni una sombra en la ciudad. El nivel del agua, anormalmente alto en zonas que no acostumbran a inundarse, invade parcialmente muchas de las calles, que tienen que bordear; lo único que se salva son las iglesias, como es sabido construidas siempre unos cuantos peldaños por encima del nivel de las calles. No tardan en oír rumores dentro de cuantos templos van apareciendo en su camino, sonidos que ábsides y cúpulas amplifican. Horas más tarde llegan al final de una calle que da directamente a un canal, retroceden, toman varias desviaciones pero todas terminan en vías cortadas por burbujas de ausencia de olores y de sonidos, zonas que por los intensos síntomas corporales son sentidas poco antes de penetrarlas. Al fondo de un callejón divisan una góndola, se aproximan. Amarrada a una anilla de la pared de un edificio, es mecida por corrientes de agua, «incluso sin barcos estas corrientes son perpetuas», murmura él en tanto ella, con un gesto rápido, desamarra la embarcación; nunca antes ha manejado una góndola, no tarda ni un minuto en aprender. A golpes de remo enlazan varios canales para llegar a un pequeño puerto, muy cercano a los pabellones de la Bienal de Arte, donde ella misma amarra la embarcación; varios nudos, por si acaso; es consciente de que si se soltase, probablemente no tendrían modo de regresar. Caminan no más de cien metros hasta llegar a los jardines que dan inicio al recinto ferial, no tienen que adentrarse demasiado en los senderos flanqueados por altísimos árboles para obtener una visión panorámica de las diferentes construcciones y de los espacios que, ajardinados durante casi un siglo, han sido ahora ocupados por una extensa plataforma de palés, planchas de madera y trastos. Multitud de adultos y niños toman tímidos rayos de sol que una incipiente tormenta deja filtrar entre oscurísimas nubes. Avanzan dejando atrás todo eso y pronto se dan cuenta de que son piezas de arte, antes ubicadas dentro de los pabellones y ahora amontonadas en lo que, visto ya más de cerca, parece el espacio de juegos para los niños de la improvisada comuna. Otras piezas escultóricas han sido habilitadas como ocasionales chozas, bajo las que adultos cocinan en hornillos de gas. Inician así un breve paseo en el que verán el minimalista pabellón de los países nórdicos tapiado con ladrillos; sólo un agujero les dejará ver su interior, donde un verdadero campamento de hombres y mujeres de toda etnia y color asan lo que parece ser un venado. Al sobredimensionado pabellón de Alemania le han sido coloreados sus neoclásicos pilares de la entrada, que hacen de improvisado marco para una estructura de madera dotada de una breve puerta; se acercan y antes de que el rostro de una mujer les salga al paso ven gente en torno a hogueras, humo que se pierde por un boquete abierto en lo que hasta entonces había sido el techo. El transparente pabellón de Japón, el brutalista pabellón de Brasil, el fortificado pabellón de ladrillo de España, el eclesiástico de Polonia, el racionalista de Estados Unidos, y así hasta completar los casi treinta pabellones de otros tantos países, todos en mayor o menor medida han sido tomados por esa misma clase de transformaciones. Con intención de irse, descendían la breve colina del recinto que enfila hacia la puerta de salida cuando un hombre los detuvo. Tras un escueto saludo los interroga por el motivo de su visita, no saben responder más que diciendo algo que, siendo verdad, de repente les parece una mala excusa: «hemos venido por pura curiosidad». El hombre les dice que todos los habitantes provienen de países muertos de hambre, cuando no en perpetuas guerras fratricidas, y que es mejor que se vayan, que nada ocurre en ese campamento que les pueda interesar a ellos, que se vayan porque «el Gran Apagón está a punto de llegar y ustedes han de estar preparados», concluye antes de regresar con los de su grupo sin darles oportunidad a preguntarle qué es eso del Gran Apagón ni cómo ni dónde se va a producir tal evento. Bordeando el antiguo jardín central, se detienen ante el pabellón de Austria, el único que continúa despoblado. Un poco más abajo, en el extremo este, la sucesión de bicicletas de reparto que él había visto meses atrás son una montaña de hierros y ruedas amontonadas al borde del agua. Se disponían a salir del recinto cuando, en el centro de la plataforma central, subido a unas cajas que le sirven de púlpito, ven a un hombre mayor, delgado y canoso, que vestido con una chaqueta azul cruzada de botones dorados y corbata burdeos, valido de un megáfono dirige las operaciones de transporte de piezas de arte de varios pabellones. Multitud de esculturas, lienzos, pantallas de vídeo y fotografías, sobre todo fotografías, son depositados por un tumulto de hombres y mujeres en la explanada de los antiguos jardines, obras que al instante el numeroso grupo rodea y admira, pero no por mucho tiempo. El hombre de chaqueta azul y botones dorados extrae varias latas de combustible de un foso, las acerca a los hombres y mujeres pero no da órdenes, no pronuncia nada en particular, acaso porque sabe que el verdadero poder, digno de un monarca o de un dios, es hacer saber que se posee la fuerza y decidir no ejercerla, demorarla indefinidamente, dejar que exista tan sólo como posibilidad o sueño. Acto seguido los hombres y mujeres vacían las latas de combustible sobre el montón de objetos, hechos una pirámide en llamas cuando un espontáneo le tiende un fósforo encendido a un niño, para que lo arroje. Antes de coger la góndola y alejarse, miran hacia atrás. Cientos de personas en silencio en torno a un resplandor que compite con el sol. Por momentos lo tapa incluso.

Pasada la medianoche, de nuevo ya en el palacete y perturbados por todo lo visto, él se mete en la habitación; tumbado al calor húmedo de la esfera de vinilo cierra los ojos y se queda dormido. Ella se dirige a su estudio, sólo quiere sentarse en su mesa, descansar, pensar en lo visto. Prácticamente no ha vuelto a entrar en esa estancia desde que la pequeña bola de cristal de Venecia, todavía en el suelo hecha añicos, se rompiera. Se aproxima, la observa a sus pies. El techo de cristal, roto en pequeños trozos, algunos tan diminutos que cuesta verlos. Las casas, plazas y canales, despedazados e irreconocibles, le parecen el esqueleto de un animal helado bajo la mancha de nieve. Se sienta, mete un papel en el carro de la máquina, sin mover un dedo observa el anfiteatro de las teclas, unos instantes, quiere teclear, pero sin saber qué más escribir acerca del único tema que le interesa, el amor, no puede apretar una sola tecla, instantes que se convierten en minutos, tantos que se queda dormida.

Amanecía la ciudad bajo una capa de oscuros nubarrones cuando los dos, él en la cama y ella aún dormida en la silla de su estudio, se despertaron sobresaltados por el timbre de la puerta. Esta vez ha sonado varias veces, con insistencia, tanta que tampoco se atreven a abrir. Pasados unos minutos, se aproximan a la entrada. Una nota bajo la puerta, ella lee en voz alta:

«Buenos días. No sé por qué no me abren, sólo quiero presentarme, saludarlos, darles últimas instrucciones. El embajador».

Ella, con un gesto brusco e inhabitual, hace una bola con el papel y la arroja al suelo. Se dirige al dormitorio, coge la esfera de vinilo de su pedestal, la lleva al salón y la deposita sobre la mesa de centro; él no intenta impedírselo, la acompaña con la mirada. Acto seguido también es ella quien abre la vitrina del equipo de música y aprieta el botón de encendido; un panel de luces se ilumina en el amplificador y un golpe electrónico emerge de los bafles. A su lado, Alexa, por primera vez desde que fuera conectada, emite también un sonido, apenas un gemido; su anillo de luz azul parpadea de un modo que ellos nunca han visto. La escritora mueve ligeramente entre sus manos la esfera de vinilo, los microsurcos se desencajan los unos de los otros. Coge el primer disco, no más grande que una moneda y tan caliente que tiene que pasarlo de una mano a otra antes de conseguir encajarlo en el plato, aproxima la aguja, sube el volumen, de los bafles emerge un instante de ruido, estruendo en el que creen distinguir un fragmento de trueno. Coge el segundo disco, poco más grande que el anterior, lo hace girar en el plato, escuchan lo que parece ser el final de aquel trueno y el inicio de una caída de piedras y objetos. Coge el tercer disco, aún más caliente que los anteriores, y al hacerlo girar esas piedras y objetos parecen haber tocado suelo y emerge otro trueno, y después escuchan el disco siguiente, y el siguiente y el siguiente, tantos que ya han olvidado cuántos, y a esos truenos y caídas de piedras les siguen ruidos de desbordamientos de agua, desmoronamiento de edificios, troncos de árboles golpeándose los unos contra los otros, y tan ensimismados continúan en la audición que tampoco se dan cuenta de que al mismo tiempo, afuera, en la calle, truenos azotan el cielo, canales se desbordan, edificios se desmoronan y los troncos de los cimientos de la ciudad son irremediablemente arrastrados mar adentro, y siguen escuchando y tampoco se dan cuenta de que el ojo de Alexa parpadea más y más, y que cuando en un disco comienza a llover, también afuera en la calle caen las primeras gotas de lluvia, y que cuando en un disco los líquenes y el barro de los canales comienzan a cubrir lo que un día fue la ciudad, también todo eso comienza a cubrir la ciudad afuera, y que cuando en un disco comienza a nevar también caen los primeros copos afuera, y que cuando en un disco aparecen los primeros insectos, aparecen los primeros insectos en lo que ya es un valle afuera, y que cuando en un disco un pájaro hace el primer nido, un primer pájaro hace su primer nido afuera, y que cuando en un disco la basílica de San Marcos y las cúpulas de las iglesias comienzan a conformar una cadena montañosa de nieves que serán perpetuas, lo mismo comienza a ocurrir afuera, y que cuando en un disco la sucesión de pútridos canales es ya un limpísimo río que discurre entre frondosos árboles, el mismo paisaje se ha instalado afuera, y que cuando en el disco llegan los animales salvajes al nuevo bosque, igualmente las bestias salvajes llegan al bosque que ya crece afuera. Sólo al hacer girar el último disco, momento en el que el anillo luminoso de la Protectora de la Humanidad se enrojece como lo haría el ombligo de un recién nacido, la escritora y su esposo escuchan un ruido distinto, una confusión de alientos, como cuando en mitad de la noche te despiertas y te detienes a oír la respiración de quien duerme a tu lado, que se une a la tuya para siempre. Instantes después, por primera vez emergen voces humanas de los microsurcos:

Él dice:

¿De dónde viene toda esta lesión del paisaje?

Ella dice:

De los cuerpos sin pasión, que también son paisaje.

Un pájaro de una especie tan desconocida que no tiene nombre atraviesa el cielo, ante el ventanal efectúa giros, se posa en el alféizar y lo observan. El pájaro los observa unos segundos antes de alzar el vuelo y perderse entre unas ramas.

Se incorporan. Dos enigmas de carne salen a la calle, que ya no es calle. Sienten un enjambre sísmico en la espiral de sus gargantas, temblor de quien está inventando una lengua. Van a decir algo. Por primera vez se llaman por sus nombres, Eva y Adán.

Continúan esa conversación, conversan días, noches, meses, años, tanto que no saben cómo sus sexos serán intercambiados. Intercambio que no tendrá fin.

ÍNDICE

Otros títulos del autor en Booket

booket